村田省吾

半武士

西田書店

目次

半武士

凡例

一、本書は著者の遺稿（『半武士』）を定稿として刊行する。

一、本書刊行に際しては明らかな誤字と考えられる箇所を改め、最小限の用字用語の統一を行った。

一、人名・地名などの固有名詞は原則として定稿に従った（したがって、芹澤鴨、芹沢村も同様である）。

一、著者のルビに加え、必要と思われる箇所は編集部が適宜行った。

第一部　京のつむじ風

一

　その日、京の巷では時が正午を刻んだ頃、鈍色《にびいろ》の雲が日輪を覆い陽が陰り、生暖かい風が吹き始めた。鴨川の水面《みなも》が逆立ち、川岸の芒《すすき》が渦巻いた。虫の声が止み鳥獣が逃げ行く様に、道行く人々は不安げに天を見上げた。夕刻には風が雨を呼び嵐となった。嵐は酷暑の夏を乗り切り、清涼の宵に愉悦の時を過ごしていた京の人々を散々驚かせた。夜半、嵐が鎮《しず》まり走り行く雲間に、おぼろげに月が姿を現し、静寂の時が戻ってきても、洛中は蒸し暑く寝苦しい夜が続いた。

　はだけた腹の上を何かが這っている。思わず触れた手の平に、ぬるりとした感覚が伝わった。重助は目を醒ました。

（汗だ……）汗が腹の上を這っている。躯中が熱い。乱れた寝間着が背中に粘りついている。

（暑い。喉が引っ付く、お糸……水だ。水が欲しい）

重助はお糸の名を呼んだが返事がない。手を伸ばし隣の床を探った。お糸が隣に寝ている筈である。しかし探った腕は空を切った。寝息もない。人がいる気配がない。

（そうだ。お糸は帰したのだ。多分、お糸は雨が上がるのを待って、帰ったのだ）

重助は躯を起し周りの気配を探った。昨夜の強い風は止んでいた。時折、名残の風が庭の樹木の枝を渡る音が聞こえたが、それも次第に遠のいて行くようだ。強い雨だったが今は雨音は聞こえない。ただ、掘り割りの水路を流れる水音が、微かに聞こえるだけだ。床下でつーちろちろ、と鳴き始めた虫の声に嵐が遠ざかってゆくのを感じた。

（深酒をしてしまった。それも仕方あるまい。昨日は新撰組の新たな門出の日だった）

渇いた唇を舌で舐《な》めても喉の渇きは癒《い》えない。天井に目を向けたが、まだ黒い闇のままである。夜明けにはまだ、間があるようだ。

重助は汗にまみれた重い躯を起し寝間を出た。か細い手燭《てしょく》の明かりに薄茶色の京壁が浮び上がり、長押《なげし》の飾り金物が光虫のように目に映った。幅二間の竿縁《さおぶち》天井の廊下は玄関から真っ直ぐ奥に伸び、中庭が見える突き当たりで左右に分かれ、四尺廊下になって右は離れへ左に曲がるとさらに奥へ続き、留守居役の居室へと続いている。玄関の欄間から僅かに風が吹き込んでくるが空気は生暖かく澱《よど》んでいる。それでも糠《ぬか》で磨き上げた褐色の板張りの廊下に足裏が涼を感じた。重助は足音を忍ばせて勝手元に向かった。奥も離れも寝静まっている。手杓《てじゃく》で水を口に含んだ。甕《かめ》の水は生ぬるく乾いた土の匂いがした。

手杓の水を一気に飲んだ。それで喉の渇きは収まった。土間に立ち障子窓を開けると生暖かい風が吹き込んで手燭の明かりが震えた。格子越しに中間長屋を窺うと、月明かりに雨に濡れた屋根瓦が銀鼠色の鈍い光を放っている。長屋も寝静まっている。屋根に覆い被さるように伸びた樹木の影が、ゆっくりと左右に揺れている。まだ風は残っているようだ。重助は生ぬるい風を顔に受けながら、薄墨色の闇を見ていた。

その時、門のあたりで何かが敷石を滑る音がした。僅かに戸を引きずるような音も聞こえたが、風のいたずらに思えた。

頭が重い。思考がまだ半ば夢の中である。

風の音に続いて玄関の方向で物音がした。壁に物がぶつかるような鈍い音がした。さらに薪を割るような音が聞こえ、物が倒れる音がした。びくっ、として重助の躯が醒めた。一瞬の静寂の後、再び物が倒れる音に続いて獣のような叫び声に続き、物が崩れる鈍い音がした。

（風のいたずらか、いやそうではない。何事だ……賊か、まさか……）

躯の汗がすーっと引いた。咄嗟に身構え飛び出そうとしたが躯がいうことをきかない。

（賊だ……それに相違ない）

何者かが石畳を走る足音がした。重助は必死で勝手元を飛び出し、恐怖を振り払って玄関に向かった。その時、戻ってきた風に、長屋門の潜り戸が閉まる、軋《きし》んだ音が聞こえた。

玄関の飾り戸が不自然に開け放たれ、石畳の先に長屋門の黒い影が見えた。玄関脇の控えの間の板戸が開いている。目を凝らすと、奥の部屋に続く襖が無造作に開け放たれ、夜具が乱れている。床の間に何者かが蹲っている。白い人の足のような物が見え、畳の上に泥に塗られた足跡のようなものが見えた。

（賊だ……賊が押し入った）

重助の心の臓が早鐘を打った。重助は急ぎ寝間に戻り暗闇の中で刀をまさぐり、抜き身を下げ控えの間に向かった。襖を開け放つと乱れた夜具が目に入り、酒と汗の臭いに混じって生臭い臓物の臭いがした。

（血だ……血の臭いだ）

床の間に男が突っ伏している。そのままの姿で動かない。畳に血が飛び散っている。

（殺《や》られた……平山が殺られた）

背筋が凍り、おもわず後ずさりした。

(局長は、まさか……)

重助は庭に飛び出し離れに向かって走った。野外の斬り合いならば己に勝機があると思った。月明かりに濡れた飛び石が光っている。雨に濡れた土の上に乱れた足跡が見えた。植え込みを飛び越え重助は離れへ急いだ。離れの寝間には芹澤鴨とお梅がいる。

中門を潜ったところで走りを止め庭を見回した。物音がしない。風に僅かに立木が揺れている。重助は離れの前で刀を構え叫んだ。

「賊め……出てまいれ……」

周りを見回したが誰もいない。賊がいる気配が無い。そのまま芹澤鴨の寝間に近づき目を凝らすと、庭先に雪見障子が打ち砕かれ倒れているのが見えた。さらに広縁に近づくと、文机の上に上半身裸の男が突っ伏している。右腕が無い。いや、皮一枚で繋がっている。肩口から血が流れ出ている。血海の中で、かっ、と見開いた片眼が重助を見据えている。背中から血が吹き出し足下まで流れている。生臭い血の臭いが鼻をついた。

芹澤鴨は微動だにしない。こときれている。

(殺られた……芹澤局長が殺られた)

寝間に目を移すと、躯をくの字に折った女の姿が見えた。微動だにしない。首が不自然に横を向いている。夜具が血に染まり、血吹雪が襖《ふすま》に飛び散っている。

(お梅だ……お梅も殺られた)

重助はたじろぎ数歩下がった。全身に悪寒が走った。頭に昨日の河原での斬り合いの記憶が残っていた。深みに追い込まれ、鴨川の濁流に飲み込まれて行った男達の、怒りの顔が浮かんだ。

重助は再び叫んだ。

「おのれ～長賊、何処ぞ……」

そこまで言って、息をのんだ。重助の頭の中に、ある種の疑念が湧いてきた。

此処は新撰組の屯所である。しかも芹澤局長の居宅である。

(大胆な、あまりにも大胆な、手際良い、浪人共にしては手際が良すぎる。それに奴らと斬り合ったのは、つい昨日の午後の事だ)

その時、路地を挟んだ前川邸の裏木戸が閉まる、軋んだ音が聞こえた。

(……まさか……)

再び重助の背筋が凍った。庭に飛び出し、辺りを探った。目前に前川邸の大屋根が重助に立ち向かう様に、夜空に黒々と浮かび上がっている。

突然風が起こり、庭の立木が揺れ、水滴が重助の顔を襲った。重助は風に向かって刀を突き出した。刀は空を切った。それでも暗闇に向かって何度も突いた。風は重助の躯を掠《かす》め周りの草木を巻込み、渦巻いて暗い空に昇って行った。

（つむじ風だ）

重助は天を見上げその行方を追った。風は更に高く昇り薄墨色の闇に消えた。走り行く雲間から、時折青白い月が姿を見せた。風が止み静寂が戻った。

言葉にならない恐怖の感情に急かされ、重助は急ぎ部屋にとって返した。奥の留守居役の部屋にか細い明かりが見えたが誰も出て来る様子は無い。重助は寝間に戻り素早く稽古着に小袴を着け、寝床をまさぐり箱枕を掴むと羽織に包み、小脇に抱え玄関に向かった。

誰も出てこない。周りの気配を探りながら呼吸を整えた。微かに虫の声が聞こえるだけで辺りはまだ静寂の闇である。奥を見たが何の動きも無い。また風が起こり石畳に木の葉が渦巻いた。

（芹澤局長が殺られた。俺も殺られる）

恐怖に心の臓が高鳴り背筋に悪寒が走った。

（此処にいては俺も殺られる）

重助は意を決して飛び出した。濡れた石畳で足が滑り草履が抜けかけた。気がつくと女物の草履を履いていた。かまわずそのまま走り出た。潜り戸から路地を窺うと辺りに人影はない。門を出て左に向かったが何かが重助の足を止めさせた。目の前に路地を挟んで前川邸の高い塀が続きその先に裏木戸がある。雨上がりの土の上に乱れた足跡が見えた。重助は右にとって返し、月明かりの中を懸命に走った。幾つかの屋敷の角を曲がり、只ひたすらその場から遠ざかろうと走った。心の臓が高鳴り足が縺《もつ》れ息が切れたが懸命に走った。草履の鼻緒が切れ素足になったが、足の痛みなど気にしていられなかった。

（俺も殺られる……）

恐怖感が重助を闇雲に走らせた。途中、何度となく後を振り返ったが誰も追ってくる様子はなかった。それでも懸命に走った。

気が付くと島原の遊廓が見える辻にいた。辺り一面に京菜の畑が続き、むせかえるような腐った土の臭いがした。まだ夜は明けない。時折雲が切れ薄墨の空になるが、まだ闇は深い。重助は道端の欅の大木にもたれ息を整えた。木の湿りが背中から伝わってくる。木々の間から名残の雨が落ちてきた。地表から霧が湧き出て辺りが白い闇に包まれだした。

重助は懸命に思考を巡らせた。

（どこぞに隠れなければ……そうだ、お糸がいる）

島原の遊廓は周りを土塀に囲まれ隔離された界隈である。周囲には三間ほどの路地が走り、西に面した路地を挟んだ畑の中に、十棟ほどの怪しげな小屋がある。廓の囚われ人の営みを裏で支える者達が、集まり暮らしていた。女長屋と男長屋があり、女長屋には下働きの下女や仲居、子守りや遊女の使い走りをする女などが棲んでいた。男長屋には廓の糞尿を下肥として売りさばく者から籠屋、金貸し、取り立て屋から髪結いに至るまで様々な仕事を請け負う男達が棲んでいた。お糸は女長屋に棲んでいた。重助はお糸に再会してから後、巡視の帰り道何度か足を向けた。いつも数枚の銀を格子越しに出窓の椀の中に忍ばせて帰った。島原の妓楼に女は数多《あまた》いても心許せる馴染みの女は、お糸だけであった。

重助は長屋が見える柳の木の下で周りを見渡した。掘割りの水音が聞こえるだけで動くもの気配は無い。犬の遠吠えが聞こえたが遥か遠くである。小袴《こばかま》のひもを締め直し箱枕を取り出し懐に入れた。右足の裏がいたい。石の角ででも傷つけたのか、親指に血がにじんでいる。稽古着は汗にまみれ、袴も跳ね上げた泥水で汚れている。羽織を身につけ気を取り直して周囲を探りながら暫く霧の中を進むと、女長屋にたどり着いた。

長屋はまだ眠りの中にあった。重助は格子の隙間から出窓の障子を破り、数枚の銀を投げ入れた。板の間に銀が弾ける音がした。暫く待ったがお糸が気がついた様子はない。重助は椀に銀を入れ転がした。椀が板の間に落ち、銀が弾ける音がした。暫くするとか細い明かりが灯り、人が動く気配がした。

「お糸……俺だ、重助だ。平間重助だ」

　入り口の引き戸が開き、お糸が顔を出した。重助はお糸の躯に覆い被さるように転げ込んだ。二人は縺れて土間に倒れた。

「俺だ、重助だ」

「平間様、肩が……肩が痛い」

「お糸、俺だ。俺だ」

「平間様、手を離してください。手を」

　重助はお糸の肩を強くつかんでいた。

「迷惑はかけぬ。匿《かくま》ってくれ」

「平間様、いったい何があったのですか」

「今は言えぬ。匿ってくれ」

　お糸はこんなに取り乱した重助を見るのは初めてである。重助の躯は震え心の臓の鼓動がお糸の躯にも伝わってきた。その上躯は汗まみれである。お糸は外を見回し引き戸を堅く閉じて重助を板の間に導いた。重助はその場に突っ伏した。まだ恐怖は去ってない。重助はお糸の差し出す水を、息もつかず一気に飲んだ。生ぬるい水が熱い重助の躯にしみ込んだ。安堵の気持ちと共に、躯中の力が抜け落ちた。

「平間様……こんな姿で」

「お糸、今は何も訊くな」

突然涙が出そうになった。重助はお糸に気付かれぬように声を殺して呻いた。悲しかったのではない。お糸の声に安堵したのだ。

「何も案ずることはありません。このままずっと此処にいたらええ」

いつものお糸の声がそう言った。

重助は背を丸め床に頭を押しつけた。

箱枕が懐から滑り落ちた。

「もしや、お怪我をしているのでは」

「案ずるな、斬られてはおらぬ」

お糸が重助の躯をまさぐった。

「足に血が……」

「大事ない……案ずるな」

全身の力が抜け四肢が膠着した。そのままいると急に睡魔が襲ってきた。

重助は夢を見た。夢の中に、まだ懸命に逃げている自分の姿が見えた。全身を斬り刻まれた血みどろの芹澤鴨が、血にまみれた手を伸ばし、重助の袴の裾を摑んだ。そして前川邸の裏木戸が閉まる軋《きし》んだ音が聞こえた。びくっ、と重助の躯が震え、目が醒めた。薄明かりの中にお糸の心配そうな顔が見えた。

「お糸、芹澤局長が……」

「眠られまし、今は何も考えずに」

再び重助は板の間に突っ伏した。お糸の手を握ったまま、段々気が遠くなっていった。

文久三年（一八六三）九月、京の都を嵐が襲った翌日未明の事であった。

二

文久二年（一八六二）の暮れが押し詰まった日、重助は平間一族の長老平間八郎から呼び出された。主家筋に当たる芹澤家の当主貞幹が、折り入って重助に話があるという。芹澤家は水戸領の上席郷士で代々苗字帯刀を許され、永年藩主に重用されてきた家柄である。水戸藩の軍事調練には一族郎党を引き連れて参加する軍団の構成員であった。室町時代に芹沢の地に移り住んだ豪族で、多くの田畑山林を所有し、下男下女、小作人を多数雇い入れる程の資力があった。

平間家の先祖は芹澤家に従い芹沢の地に移って来た。芹澤家が豪族として一城を構えた時代には家老職を務め、今でも用人格である。お召しが無くても、年末には芹澤家の当主に挨拶に上がるのが慣例であった。重助は妻のいねが作った干し柿や大根、葱、豆など、正月に欠かせぬ品を下僕の音弥に持たせ八郎に従い芹澤家に向かった。

当主の貞幹は高齢な上病みがちで近く隠居をするらしい、と叔父の八郎から聞いていた。

「ご両人とも奥の座敷へ参られたい」

間もなく芹澤家の当主になる兵部が二人を奥の座敷へと招き入れた。

(奥へとは……改まった話らしい)

重助はちらりと八郎の顔を盗み見た。八郎は素知らぬ顔で曲がった腰をいたわるようにさすりながら、兵部の後ろに続いて奥の座敷に向かった。重助は不安な気持ちで八郎に続いた。貞幹は火鉢に手をかざし暖を取っていた。細身の躯は老木のようで、目は朽ちかけた節のように窪んでいた。

(暫く会わぬ間に歳を取られた)

重助は深く腰を折り畳に手を付いた。

「重助、年の瀬何かと忙しき折、ご苦労であった。ところでいねや久衛門は息災か」

声が枯れている。言葉の合間にひぃひぃ、という苦しそうな息遣いが聞えた。

「はい、久衛門は明年九歳になります」

「ほう、そうか、先が楽しみじゃのう」

「……」

「ところで重助、そちは幾つになった」

「四十一に相成りました」

「ほう、四十を超えたか、早いものじゃのう」

取り留めの無い世間話が続き、老当主はなかなか本題に入らない。叔父の八郎は時々相づちを打つ以外は、首をうなだれて畳の目を数えている。兵部が先を促すように老当主の方を見た。老当主は曲った背筋を伸ばし一呼吸置いて重助に言った。

「重助、京に行ってくれぬか」

「えっ……」

意外な話に重助は驚いた。さらに老当主はたたみ掛けるように言った。

「京に上るのは物見遊山でも神詣でもないぞ。継次《つぐじ》の目付役としてだ」

「そのような役目、私に勤まるでしょうか」

「いや、お前でなければ出来ぬ。のう、八郎殿」

「……」

叔父の八郎は無言で頭を下げた。

「いねと倅殿のことは、儂《わし》と兵部に任せて貰いたい。なに、日々の暮らしに不足はさせぬ。のう兵部」

兵部は重助に向かって大きくうなずいた。叔父の八郎が老当主に向かって、畳に頭が付くほどに深々と腰を折った。老当主の話はさらに続いた。

「水戸表からの話だが、京が乱れてきた。幕府のお偉方は京の治安維持の為に、京都守護職なる役目を新たに設け、会津の松平容保《かたもり》侯を送り込むことにしたらしい。さらに春には将軍家茂様が上洛するそうで、京での将軍警護のため幕府は密かに腕の立つ者どもを集めているらしい。江戸藩邸に詰めている分家の又右衛門からも芹澤の家から、誰ぞ名乗り出て欲しい旨の話があった。儂は継次を送り込む事にした。あいつを、いつまでも居候させておくわけにはいかぬ。継次も承知した。あいつは水戸表の受けが悪い。あいつは目立ち過ぎる。その上、時々気が狂《ふ》れたように狼藉をはたらく。何代か毎に芹澤の家に生まれてくる血、と言えばそれまでだが。のう八郎殿」

そう言って老当主は八郎を見た。苦しげな息遣いが伝わってきた。八郎は首を横に振りながら深く腰を折った。

「年が明けたら江戸に向かうことになろう。いねと倅殿には良く言い含めて欲しい」

老当主の窪んだ目が重助を見つめている。有無を言わせぬ目であった。何ということはない。芹澤家と平間家の間で、すでに話は出来ていた。今日は儀礼的に言い渡されたにすぎない。帰り道、重助は八郎に聞いた。

「本家の先祖のこととは、如何なることでありましょうか」

「儂も詳しいことは知らぬが、芹澤の家には何代か置きに豪気の血、いや狂気の血かもしれぬが世間を騒がす者が出る、という言い伝えがあってな、ある者は狼藉をはたらき捕縛され、中にはお上に逆らって切腹を仰せ付けられた当主もいたらしい。その度ごとに芹澤の家は散々な目にあったが何とか生き延びてきた」

「貞幹《さだもと》様は継次殿にその血が流れている、と言うのでしょうか」

「儂には解らん。いずれにしても継次殿のお目付役を仰せ付かったのだ。この上は役目を果たし無事に芹沢に戻る事だ」

「お役目は長くかかるのでしょうか」

「儂には解らん。本家様にも解らん」

八郎は重助の言葉を遮るように、強い口調で言った。

暮れも押し詰まって畑仕事はない。野良に出ている者の姿は無かった。農事の終わった畑に、冷たい風が舞っている。筑波おろしが砂塵を巻き上げ、枯れた灌木を巻き込んで渦巻いて天に昇っていった。一瞬重助の心に不安の影がよぎった。しかし見知らぬ京への憧れが不安の影を押しやった。

重助の日々は村役人としての雑事と季節に追われ野良仕事に明け暮れる。郷士とはいえ日々の暮らしは極々質素なもので、僅かの楽しみと言えば家族と過ごす年の初めや秋祭り、数年に一度出かける湯治ぐらいであった。役目がら妓楼《ぎろう》での酒席もあったが、重助には心底から楽しめるものではなかった。

見知らぬ京という地に心が動いたのは、四十を超え己の先が見え、焦りの気持ちが芽生えてきた男にとって、自然な成り行きであった。

ところで、継次とは芹澤鴨のことである。幼名を玄太と言い、元服した後、継次と名乗った。三男坊であった継次は養子に出された。婿入り先は松岡領中郷村の神官の家である。神官職を継ぎ一子を授かったが。二年ほど前に養子先を出奔した。二年ほど前と言えば安政六年（一八五九）には安政の大獄があり、翌年万延元年（一八六〇）三月には大老井伊直弼が桜田門外で水戸浪士達に暗殺される事件があった。その一派で長岡勢と呼ばれた残党が一時水戸領内に潜伏した。その後浪士達は分裂し悲惨な最期を辿ったが、その一派に継次が肩入れしていた。潮来の妓楼で軍資金を出せと暴れ、土地の豪商から金品を強奪した罪によって捕縛され投獄された。つい十日ほど前にご赦免となり突然芹沢に戻ってきた。このことは叔父の八郎から聞いていた。

最近、名を芹澤鴨光幹《みつもと》と改めた。

叔父の八郎には隠していたが重助は継次と密かに会っていた。二月ほど前、継次がふらりと重助を尋ねてきた。継次とは、彼が玄太と呼ばれていた頃遊んだ記憶があった。年長の重助が子供達を引き連れて西湖に出かけたことがあった。帰り道疲れてぐずる子供達の中で継次は音を上げなかった。子供の時から負けず嫌いであった。継次は大柄な躯に水戸黒の紋付き羽織、仙台平の袴を着け、やや長めの太刀を帯びて現れた。とても浪人の風体には見えず、いっぱしの武士の姿であった。継次はその後も度々訪ねてきた。継次は来る度に様々な話をした。水戸藩内に派閥争いがあること、大老の井伊直弼を討ち取った長岡勢の最期や水戸の獄舎での出来事、継次と同じ頃投獄されていた武田耕雲斉や野口正安たちの人柄など。さらに婿入り先での神官としての日々、水戸での剣術修行の様子などいずれも重助には耳新しい話で、平凡な日々を送っている重助には大いに刺激になった。

ある日、継次が重助に言った。

「助どん、世の中が変わるぜ。ひょっとすると武士の世が終わるかも知れん。人の心に不満が満ちている。郷士などと言われていても百姓とそう変わらん暮らしだろう。百姓は益々苦しくなってゆく。貧しい百姓の上前はねても高が知れている。商人を見な。今では奴らの方が力がある。米では無く銭だよ。これからは銭が世の中を動かす。多くの藩も武士もそのことに気付いて来たが打つ手がない。武士も百姓も苦しくなるばかりだ。このままでは行詰まり、やがて世の中が乱れる。俺はそんな世を太く短く、己の欲する処を生きてゆく」

　重助も郷村が次第に疲弊してきたことを感じていた。不作の年がある度に、集落の頭数が減った。田畑がいつのまにか一部の富農に買い占められ小作人が増えた。売るものが無くなった者は家族を奉公に出した。奉公とは名ばかりで娘を妓楼に売り、病の年寄りを残したまま逃げ出した者もいた。多くは江戸や大藩の城下に流民となって潜んだ。田畑は荒れ更に収穫が減った。負の循環が繰り返し起きていた。悲惨な郷村の現実を見てきた重助の胸に芹澤鴨の言葉は重く残った。

　家に戻るといねが勝手元で忙しげに立ち働いていた。

「本家様の御用とは、どのようなことにございましたか」

「いね、急ぎ京に上ることになった」

「えっ、京でございますか……それで急ぎとは、いつにございますか」

「年が明けたら、と言うことであった」

「それは急な……本家様の御用でございまするか」

「継次殿のお目付役だ」

「えっ、あのお方と京へ上るのですか」

「継次殿に同道せよという本家様の命だ」

「……京で何があるのですか」

「春に将軍様が上洛する。その警護の為、洛中の警護に当たるそうだ」

「お役目は長く続くのでしょうか」

「それが解からんのだ。八郎様も解らぬと仰せだ。それにいねと久衛門の面倒は本家様が見てくれるそうだ。兵部様も承知の上だ。二人に不足はさせぬ、と申しておった」

継次の名前が出た時、いねが一瞬驚いた顔をした。いつ終わるか解らぬ役目と聞いていいねの顔が曇った。継次の噂は芹沢の里にも聞こえていた。良い噂では無かった。いねは度々訪ねてくる継次の話に夫が巻き込まれるのではないかと不安な目で見ていた。本家の三男坊とは言え、心の中では迷惑な存在にすら思っていた。同じ貧乏郷士の家から嫁いだいねは武家の妻としての心得は持っていた。いねは主家の頼みとあれば仕方がない、と何も言わず受け止めてくれた。

重助は雑用に追われ、いねは正月の支度に追われその年は忙しく終わった。

元日の朝は風も無く大きな日輪が顔を出した。重助は日輪に手を合わせ一家の無病息災とその年の五穀豊穣を祈った。久々に西湖の鮒《ふな》と公魚《わかさぎ》、いねの手料理で贅沢を味わった。

正月の三日間、穏やかな日が続いた。重助はいねと久衛門を従えて西湖に向かった。空には雲もなく晴れ上がり岸辺の枯れた葦が僅かに揺れていた。湖面は波もなく静かで霜柱を踏み抜く三人の足音だけが空に響いた。

久衛門が小石を拾い西湖に投げた。石は二度跳ねて湖面に消えた。小さな波紋が出来た。重助も久衛門に続いて小石を投げた。石は四度飛び跳ね更に短く湖面を滑り数個の小さな波紋を作って消えた。

二人は何度となく繰り返した。いねが二人の仕草をじっと見ていた。

「父上、久衛門は海が見とうございます」

「おう、海か、大海原が見たいか」

「異国の船も見とうございます」

「異国の船か」

「わたしは富士の山が見たい」

筑波の峰を見上げながら、いねが言った。

「おう、海も見ようぞ。異国の船も見ようぞ。富士の山もな、雪を載《いただ》く白い富士の山も見ようぞ」重助は力強く二人に言った。

正月の七日間は瞬く間に過ぎた。いねは重助の支度に追われ、重助と下僕の音弥は雑事に追われた。音弥のことも小作の夫婦のことも考えてやらねばならなかった。

江戸への出立が二日後に迫った晩、重助はいねと向かい合った。

「いね、武士の世が終わるかも知れぬ」

「まさか、それでどの様になるのですか」

「まだ俺にも解らぬがこれまでの暮らしが変わるということだ。その前に世の中が乱れる。芹沢での暮らしも容易ならん時が来る。いね、家を守ってくれ。平間の家をな」

重助はいねを抱きしめた。いねも激しく応じた。二人は無言の営みで夫婦の契りを確かめ合った。夜半、筑波おろしが家を震わせ激しく吹いた。いねは風を恐れ、不安な日々が来ることを恐れ、躯を震わせた。二人は添い合って朝を迎えた。

出立の日は曇天で、昨夜来の風が枯れた畑の草木をなぎ倒していた。途中小高い丘の道で一度振り返った。大きな銀杏の木の下の門前にいねと久衛門と下僕の音弥の姿が微かに見えた。「久衛門、母を頼む……」重助は小さな影に向かって叫んだ。風に砂塵が舞って三つの影が霞んで消えた。

重助は西湖に沿って潮来に向かった。芹澤鴨とは潮来の妓楼で会う手筈になっていた。芹澤鴨は昼中から馴染みの女を揚げ酒を呑んでいた。今宵は潮来に泊まるという。

夕刻、粗末な身なりの三人の若者が芹澤を訪ねてきた。話の様子から長岡勢の身内の者達らしい。大老暗殺の罪人は捕縛され刑場の露と消え、逃げた者もやがて追い詰められ斬られ、一族は水戸領より放逐された。三人の若者も突然父や兄を失い家を失い、それぞれの夢を失った。芹澤鴨は幾ばくかの金子を渡した。三人は江戸に向かって立ち去った。

（あの若者達の心には、恨みだけが積もってゆくに違いない。恨みは人を変える。狂気の心が芽生え、やがて争いが起こる）

江戸で果たして彼らの夢はかなえられるのか、根無し草は流され、やがて枯れ朽ち果てる。重助は三人の若者の姿を久衛門に重ねていた。まだ幼顔が残っている三人の思い詰めた目が重助の脳裏に焼き付いた。

月が暗い川面に光の道を浮かび上がらせ妓楼の窓を照らした。芹澤鴨はじっと常陸利根川の光る川面を見ていた。その目は何かを思い詰めた怖い狂ったような目だった。

翌朝、重助達は江戸に向かった。小石川の伝通院で挨拶を済ませた後、重助は水戸上屋敷に芹澤家の分家の又右衛門を訪ねた。当主貞幹の書状を届ける役目があった。

「貞幹様も厄介払いが出来て安堵したことであろう。お前にはその分、世話をかけることになってしまった。何せ継次は水戸表の覚えが悪い。少しは役に立って貰わねばならぬ。継次のことで芹澤の家が立ちゆかなくなっては困るでな」

この方は長く水戸表に仕え、何よりもお家大事、御身大事のお方と聞いていた。それにしても厄介払いと言う言葉が気になった。又右衛門達も間もなく京に上るらしい。京の情勢をしきりに気にしていた。京では幕府の力が衰え得体の知れぬ浪人共が洛中を闊歩し、男でも夜道の一人歩きは避けねばならぬほど物騒らしい。京の様子は出入りの辰蔵という飛脚から聞いた。辰蔵の話は街道筋の奇異な出来事や民百姓の口に上る噂話まで飽きることがなかった。重助は己の役目に容易ならぬものを感じたが、その一方で魑魅魍魎の棲むらしい京の街に、一刻も早く足を踏み入れてみたくなった。

京に上るまでの日々を芹澤鴨は神道無念流の戸賀崎門下の道場で食客として過ごした。道場に出入りする者の中に野口健司、平山五郎、新家久米太郎、兜惣介らがいた。数いる門弟、浪士の中で芹澤鴨と兜惣介の剣は鋭く平山五郎がそれに続いた。巨漢の芹澤鴨の剣は一撃で相手を倒す気迫があった。平山五郎は手数が多いが確実に相手を追い込み相手が怯《ひる》んだ隙に素早く仕留めた。野口健司の剣は素直でそれだけに勝負は長引いた。

ある日、芹澤が重助に言った。

「助どん、人を斬った事があるかい」

「………」

突然の問いに重助は返答に窮した。

「俺は、斬った。しかも三人まとめてだ。いやこれまでに五人叩き斬った」

「叩き斬るほど相手が憎かったのですか」

「ああ、それもあったが、売られた喧嘩もあった。それに俺の中のもう一人の俺が、斬れと言った時もあった」

「もう一人の……」

「助どん、京では何が起こるか解らん。そんな様子らしいぜ。道中でも何が起こるか解らん。それが今の世の中だ」

更に芹澤は続けた。

「斬り合いは、臆した者が負ける。前へ押して押して押しまくる。相手が怯んだその時が勝機さ」

芹沢の里では斬り合いなど無かった。事件と言えば米泥棒を捕まえることや、流れ者を追い出すぐらいで、刀を交えることは無かった。水戸藩の軍事調練や剣術の稽古はしても命を張っての戦いはなかった。

「助どん、少し汗を流すかい」

二人は竹刀を取り向かい合った。芹澤は動かない。重助が仕掛け、十度ほど打ち合った。芹澤が上段から打ち下ろした。受け止めた手がしびれ重助は思わず後ずさりした。手数の多い重助の剣に比べ、芹澤の剣は相手の隙を突く必殺の剣である。芹澤が迫ってきた。気合いに押され重助は少しずつ後ろに下がった。追い込まれ重助の背中が壁際に迫った時、重助は膝を折り低く構えた。芹澤の打ち下ろす剣を何とか受け止め咄嗟に右に飛び、左手の竹刀を長く突き出した。竹刀の先が芹澤の脇腹をかすめた。芹澤が躯を傾けなければ胴を重助の竹刀が刺していた。重助の咄嗟の動きに芹澤は次の手を止めた。

「助どんの左の突きは鋭い。鳥も刺すぜ」

重助は子供の頃、武士に左利きはいないと言われ、父の九衛門から右手の作法を厳しく仕込まれた。だが咄嗟の場合に利き腕の左が勝手に動く。躯も勝手に動く。その癖を普段は隠しているが重助は左利きである。

三

京への出立は二月八日と決まった。浪士組は総勢二百三十名を超えていた。幕臣で名のある武士や郷士もいたが博徒や脱藩浪人、僧侶くずれもいた。その中に数日前に浪士隊に加わった近藤勇、土方歳三、沖田総司ら試衛館道場の一派もいた。旧知の平山五郎と野口健司がいた。芹澤が頼りにしていた兜惣介は加わらなかった。一行を束ねるのは清河八郎という男で、江戸で同志を集め尊皇攘夷の運動をしていた。芹澤は不満げであった。過去に清河とは因縁があったらしい。

「きゃつとは馬が合わん」

芹澤は吐き捨てるように言った。

二年前、芹澤は潮来にいた。その頃清河が妓楼に芹澤を訪ねてきた。芹澤は故意に清河を待たせその器量を試した。しかし清河は一時も待たず、さっさと帰ってしまった。清河にしてみれば俺を知らんのか無礼な奴、と言うところだが芹澤にすれば用事があるのなら待つのが当然、という考えである。

「きゃつは論も立ち、頭もきれるらしいが危ない男だ。勝手に押しかけ勝手に帰る。自分勝手な男だ。そんな男は平気で人を裏切る。兎に角、馬が合わん」芹澤はそう言った。

芹澤の直感は後日見事に的中するが、今は清河が大将格である。芹澤は不満であったが清河の下知に従わざるを得なかった。

重助はじめ浪士達は八日早朝、意気揚々と板橋宿を出立し京に向かって中山道を進んだ。道筋は板橋宿を出て利根川上流の本庄宿を通過し、榛名山を北に見て松井田宿を通り碓氷峠を越え、長野の美ヶ原近くの長久保宿に着いたのが二月十三日、さらに諏訪湖に近い下諏訪宿を抜け、遠く南に駒ヶ岳を望む奈良井宿を経て中津川宿に至り、岐阜加納宿を通って関ヶ原を抜け、二月二十一日には武佐宿に着いた。さらに浪士達は琵琶湖を目指し二日の後大津宿に着いた。一行の中には琵琶湖を海と見間違えしきりに感嘆する者もいたが西湖の側で育った重助は望郷の思いが僅かに脳裏をかすめた。

　浪士隊は身分も素性も年齢も異なる寄せ集めの軍団であった。旅装も雑多で紋無し羽織に袴、俄仕立ての武家らしき者もいれば道場着に木綿袴、半纏《はんてん》や町奴の姿の者もいた。備えの武具も様々で腰の大小はともかく長槍、弓を持った者など、その行装は奇異なものが多く、街道筋の民百姓は恐れおののき慌てて道を空け、遠巻きにして関わり合うことを避けた。

　その烏合の衆の中で比較的まとまりの良い集団があった。清河八郎とその参謀の山岡鉄太郎の一派、芹澤鴨と重助、平山五郎、野口健司といつの間にか浪士隊に加わった新見錦達水戸浪士の一派、近藤勇はじめ土方歳三、沖田総司ら試衛館道場の一派は目立つ存在になっていた。清河達は浪士達と交わるのを避け数名の幹部だけで行動した。芹澤達は宿場宿場で酒宴を催し旅を楽しんだ。近藤達は清河達にも芹澤達にも与せず、酒も呑まず黙々と旅を続けた。

　近藤一派の中で土方歳三だけが時々酒宴に加わった。この土方歳三という男、機転が利き如才が無い。時に百姓のように我慢強く、酒もいけるが滅多に酔った姿は見せない。業物だと言う大刀に長すぎる脇差しを帯びている。斬り合いで刃を交えればどんな名刀でも刃こぼれがする。刀が折れぬとは言い切れぬ。実戦では刀は長い方が良い、それが土方の持論である。試衛館道場でも師範の腕前と聞いたが、それを鼻にかけることは無かった。重助はどこか土の匂いのする土方歳三という男が気に入った。土方もまた一行の中で年長者の重助を頼りにした。江戸から大津宿までは十五日の道程であった。集団は六隊に編成され行動した。

編成は清河八郎が行ったが立場と身分だけで浪士達を従わせるのは難しかった。大津宿に至るまでに五名の脱落者が出た。出立間もない松井田宿で博徒あがりの男と笠間の出という浪人が些細なことで喧嘩になり宿を騒がせた。二人は隊を放逐された。下諏訪の宿で僧侶くずれの托玄《たくげん》という男が持病の喘息が酷《ひど》くなり宿場に残された。それに元川越藩士という浪人二人が武佐宿で真夜中に消えた。幕府より支度金が出ていた。金子《きんす》が目当ての食いつめ浪人であった。

芹澤鴨も揉め事を起した。事は本庄宿で起った。二百名を超える者達が宿場で一夜を過ごすには、到着に先んじて宿舎を割り振らなければならない。そのために先番宿割りという役目が設けられていた。近藤勇もその役の一人であった。その宿割りに落ち度があった。三番隊の隊長である芹澤の宿舎が抜けてしまった。芹澤の顔付が変わった。近藤はじめ先番宿割りが何度も詫びて居室を用意したが、芹澤の怒りは収まらなかった。芹澤は隊の若い衆に命じ枯れ木を集め廃屋の壁を打ち壊し、空き地で焚き火を始めた。土方歳三も三番隊に組み入れられていた。

「芹澤さんが怒るのはもっともだが、平間さん此処は何とか納めてもらえんだろうか」

「今は止めても無駄です。一度口に出したら、絶対引かない御仁だ。止めてはかえって火に油を注ぐようになる」

「平間さんでもだめですかい」

「あの御仁の心の中にもう一人の芹澤がいる。今はもう一人の芹澤が野宿をせよ、と言っています。今は心が鎮まるのを待つのが得策かと……」

「ん、もう一人の芹澤……」

　土方は重助の言葉に妙な顔をした。

「清河というあの男がいかん。近藤さんは俺の盟友だ。町道場とはいえ道場主だ。博徒が隊長で何で近藤さんが先番宿割りなんだ。近藤さんは細かい気配りなど出来ぬ人だ」

　焚き火は二間ほどの輪になって辺りを明るく照らし出した。向かいの宿の客が心配そうに焚き火の一団を見ている。そのうち焚き火より離れた宿に移って行った。宿に上がった一行の中にも火が気になり旅装を解かず横になった者もいたらしい。宿場の建物は屋根は板葺きか杉皮葺きで外壁は羽目板張りである。屋根に火の粉が落ちたらひとたまりもない。本陣から宿場役人が飛んできた。

「我々一行三百名の浪士隊は幕府の命により将軍家上洛に先んじて警護にあたる為、京に上る道中である。我々は寝ずに宿場の警護に当たるよう命じられた者である。近頃街道筋も何かと物騒になってきた故、宿場警護の役目も十分に果たせよ、と言うお上からのお達しである」と野口健司が抗議した。

　役人は幕府や将軍やお上という言葉には逆らえない。

「何とぞ火の始末をよしなに」と言い早々に引き下がっていった。

　重助も平山五郎も野口健司も新見錦も芹澤に付き合うはめになった。三番隊の六名の若者も加わった。廃材を集めそれぞれ茣蓙《ござ》など調達し焚き火を囲んで車座になった。一時、炎は三間ほど高く昇った。火の粉が飛んだが幸いその晩、風は無かった。それでも宿場の客は驚き、宿場は遅くまで明かりが消えなかった。

　土方歳三は宿の者に命じて酒や肴などを運ばせると暫く焚き火に付き合ったが、いつの間にか何処かに消えてしまった。要領の良い土方のことである。仲間の所に潜り込んだに相違ない。

　芹澤は太い丸太に腰をおろし燃えさかる焚き火を見ていた。火に照らされ顔は赤く、眼は異様な光を帯びていた。

　昔、重助は妻のいねの郷《さと》で野焼きを手伝ったことがあった。村総出で丘を焼いた。野焼きは新たに畑を作る為である。重助が暮らす芹沢の地は平坦で肥沃な土地であるが、いねの郷は幾重にも小高い丘が続き、土地は小石混じりの痩せた土壌である。焼き畑による耕地づくりは代々行われていた。

あの日、丘の半分ほどに火が回り仕事の終わりが見えてきた頃、風が出てきた。急に火勢が増し火の回りが早くなった。裾野を女子供達に任せ男達は尾根に向かった。そこで火を止めねば森を焼き背後の山に移ってしまう。男達は木の枝を折り懸命に地面を叩いて火を消した。火の粉が飛び散り思わぬ所に火の手が上がる。その都度斜面を登り、又下っては地面を打ち土をかけ火を消した。斜面に足を取られ木の枝で手足が傷ついた。陽が頭上に来た頃作業はどうにか終った。

一同が強飯をほおばっていた時、尾根向こうの沢に煙が上がった。若木が燃える白い煙を見た五郎次と呼ばれた小作人が、真っ先に煙の方角に走り出した。その先には五郎次の家があった。女達が騒ぎ立て男達が走り出した。家には年老いた躯の不自由な母親とさきと言う幼女が残っていた。男共が斜面を登り切った時、火は五郎次の家を囲んでいた。

五郎次は斜面を転がり落ち、小屋の前で泣き叫ぶ娘のさきを抱きかかえた。それと同時に柴木で囲み茅で葺いた粗末な小屋が野火にのみ込まれた。重助達が丘を下り終わった時、小屋は火に囲まれていた。五郎次は小屋の前に繋がれた牛を放った。小屋はたちまち火に包まれ焼け崩れ落ちた。

その中に年老いた母親がいた。あまりにも火の回りが早く、助け出せなかった。

後日、心ない者が五郎次は母より牛を助けたと吹聴した。五郎次は村人を恨み、手当たり次第に喧嘩を売った。五郎次は嫌われ、やがて村八分にされた。

ある朝、いねの実家の門柱に牛が繋がれ、さきが残されていた。五郎次は村を飛び出し行方を晦《くら》ました。さきはいねの実家に引き取られ、牛は五郎次の借金のかたに隣村の富農に引かれて行った。その後いねの郷や近在で深夜に度々山野が燃えた。人の気配も火の気も無い所にである。不審火は長い間続き村人は五郎火と言って夜を恐れた。

一年が過ぎ野焼きの季節がきた頃、真昼に五郎次の小屋跡の方角で白い煙が昇った。駆けつけた村人の目に薪を組み柴木を積み重ねた大きな焚き火の跡が見えた。中に蹲《うずくま》る黒い炭色の塊に村人は驚いた。村人は花を手向けその場所に懇《ねんご》ろに葬った。その後不審火はぷっつり、と消えたと言う。火は恐ろしい。

重助は気が気でなかった。

重助は時おり空を見上げ火の粉の行方を追った。火の粉は暗い冬の空に真っ直ぐに吸い込まれ刹那に消えた。

焚き火を始めて一時ほど過ぎた時、暗い街道から歩いて来る者がいた。

「お侍さん、私も混ぜてくださいな」

その者はそう言って焚き火に近づいてきた。出で立ちは女の様である。それも大女。くたびれた旅装で陽に焼け色気など全くないが甲高い声は紛れもなく女の声だ。

「こう寒くちゃ弁天様が凍えちゃうよ」

女はそう言って声高に笑った。芹澤は女を一瞥したが何も言わず目をつむり鉄扇で肩をしきりに叩いている。女は重助の隣に腰を下ろし、しきりに手を揉みながら時々重助の手元をちらりちらりと盗み見る。茶碗の中が気になるらしい。重助は茶碗を差し出した。女は茶碗を鼻に近づけ匂いをかいで一気に飲み干した。「ほほう……」野口健司が目をむいた。女は差し出された一升徳利を片手で軽々と持ち、茶碗に並々と注ぎ大きな口を横に開いて一気に飲み干した。

「ほほう……」野口が驚き声を上げた。焚き火の周りの男達が女に好奇の目を向けた。野口がしきりに女に話しかけている。女は話し終わると必ず意味もなく、からから、と声高に笑った。女は名をりくと言った。板橋の宿で奉公をしていたが年老いた父親が諏訪湖の近くにいるらしく、会いに行く途中で道に迷って夜になってしまったと言った。中間あがりの若い衆がからかうと平気で下卑た話をして男達を笑わせた。

芹澤は大刀を抱き目を閉じている。焚き火を道中の座輿の一つとでも思っているのか、重助達を巻き込んでしまったことに多少なりとも後ろめたさを感じていたのか、眠ってしまったのか定かでない。

からから、と声高に笑う女の声が暫く聞こえていたが、その声が次第に遠のいて重助はいつの間にか寝入ってしまった。

明け方近く尿意をもよおし目が醒めると焚き火は小さくなっていた。焚き火の周りには菰《こも》をかぶり、大小を抱きそれぞれの格好で浪士達が寝そべっている。新見錦の姿も見えない。夜半に何処かの宿に潜り込んだに違いない。若い衆とじゃれ合っていた、りくと言う女の姿は消えていた。東の空が次第に明るくなってきた。重助は廃屋の裏に回った。

宿場の朝は早い。商人姿の二人づれが街道を西に向かって急ぎ足で去って行った。廃屋の裏で小用をたすと躯がぶるっと震えた。焚き火に戻りかけた時、朽ちた板壁の隙間から男にまたがった女の後ろ姿が見えた。女は小刻みに躯を震わせ、悦楽を押し殺した声を出している。

(あの女だ) 女の背中ごしに坊主頭が見えた。

(托玄ではないか、あいつがなぜ此処にいるのか)

抱き合い乳繰りあっているその様子から二人の仲は尋常ではなさそうだった。

(あの女、あの様子では托玄を追って来たに違いない)

重助は気付れぬようその場を離れ焚き火に戻った。次の松井田宿でも女の姿を見た。長久保宿では宿場の外れで一行を見送る女の姿があった。重助は女と目があった。女はでかい口を横に開き締まりのない顔で重助に頭を下げた。

その日を境に托玄が咳き込むようになった。

「労咳《ろうがい》か、そうではあるまい。あんなに太って艶々した者が労咳であるわけがない」

「今朝など山盛りの飯を三杯も食った」

浪士達は勝手に憶測したが、托玄の咳は益々酷くなった。そして下諏訪の宿に着く頃、托玄は「もう歩けぬ……」と言いだした。

道中の足手まといになっては困る。宿場に残すことになった。焚き火の朝のことは口に出さなかった。重助は托玄の手に銀の包みを握らせ、宿の主に言った。

「後ほど、女が迎えに来る故、しばしの間休ませて欲しい。咳も直に収まるであろう」

重助は托玄に聞こえるように声高に言った。伏せて咳き込んでいた托玄の咳が突然止まり、驚いたような目で重助を見あげた。重助は何も言わず軽くうなずき宿を出た。

その後、重助達の旅は何事もなく続いた。これまでの道中、諸藩の対応も先触れの口上が効いたのか、さしたる混乱は無かった。只、浪士達の奇異な旅装が沿道の民百姓を驚かせただけであった。

大津の宿に二日逗留した。旅の疲れを癒す意味もあったが京の受け入れ先の都合もあった。浪士達の中には古着屋で羽織袴を買い入れ身支度を調える者、連れだって琵琶湖畔に出かける者、終日宿で酒を呑み食らう者など様々に過ごした。重助や芹澤達は妓楼で女を揚げ賑やかに過ごした。

重助は下働きの女達の中に気になる女を見つけた。年の頃三十四、五で姿形が妻のいねに良く似ていた。女は名を、お糸と言った。事情があって上方から逃れて来たらしい。女は重助のほころびた羽織を繕ってくれた。重助は僅かの金子を渡したが女はその金子を重助に押し返した。

宿場には様々な旅人が行き交う。様々な過去を持つ男と女が群れ集う。士農工商の階層から弾き飛ばされた周縁の者達、そんな男や女にも、その者にしか解らぬ生き様がある。流されて堕ちてゆくことは容易《たやす》いが、己を見失わずに強く生きてゆくことは難しい。

重助はお糸に妻のいねの姿を重ねていた。下働きの女らしからぬお糸の振る舞いが重助の心に残った。

京に入った浪士達は寺や郷士の邸宅に分宿することになった。壬生《みぶ》は閑静な屋敷町である。いずれの屋敷も銀鼠色の土瓦で屋根を葺き、玄関には雨よけの木端葺の下屋がある。門構えも周囲を巡らした塀も家の構えに合わせ繊細にしつらえてある。庭なども山水を配し植木なども見事に刈り込まれ、郷里の郷士の屋敷とは雲泥の差であった。役付の芹澤鴨は新徳寺に重助達と土方歳三他十名ほどが八木邸に落ち着くことになった。

京に入っても暫くの間決まった役目は無かった。清河、芹澤、近藤らは会合を重ねていたが重助達浪士には何の下知もなかった。浪士達は思い思いに徒党を組み、洛中巡視と称して祇園界隈や四条河原町、鴨川沿いを散策した。見るもの聞くもの、全てが東国の城下とは違っていた。行き交う人々の成りも巷の商いも全てが珍しかった。さすがに祇園の辺りには洒落者が多く、役者の様な風体の男女が悠々と行き交っていた。

壬生の外れに僅かばかりの町屋があって、その集落を抜けると広い京菜の畑が広がり、その先を南に向かうと、島原の遊廓があった。広大な遊廓には幾つかの街路沿いに派手やかな建物が建ち並び、夜ともなれば大門に明かりが灯り、暗い夜空に向かって一団の光の群れを放っていた。四周の路地を廓をめざし男達が群がった。日が暮れると京菜の畑の道に提灯の明かりが行き交った。それは暗がりに光る火虫の様で、大門目指して飛んでいった。浪士隊の中にも提灯の明かりに心奪われ、夜ごと巡視に出かける輩もいた。この一角の狂騒は別にして八坂神社界隈や鴨川沿いには夜ごと辻斬りが出没し、死骸が橋下や掘割りの水路に投げ捨てられていた。

重助達が腰を落ち着け京に馴染もうとしていた矢先、突然清河八郎が浪士達を裏切る行動に出た。芹澤鴨の直感が当たった。過激な尊皇攘夷の志士であった清河は将軍家茂の警護に当たるという役目を放棄、己の攘夷の考えを優先すると言いだした。

清河は浪士達を集め言い放った。

「我々は京に上るに当り幕府より支度金を拝領した。さらに道中の路銀も幕府より出たものである。しかし我々は幕臣では無く禄も受けていない。我々は尊皇攘夷の大儀のためにのみ働くべきであって、天皇の命に依ってのみ動く。幕府の如何なる者もこれを止めることは出来ぬ筈だ」

浪士達の多くは清河が何を言わんとしているのか、皆目解らなかった。確かに禄は受けていないが一日当たり、米一升の日当を貰う約束があった。

「従って我々は直ちに東下し横浜にて攘夷を……」そこまで言いかけた時、芹澤が鉄扇で床を打ち清河の言葉を遮り言い放った。

「待たれよ清河殿、尊皇攘夷の志なら拙者にもある。しかしこの度京に上ったは幕府の召しに応じたものである。このことを貴殿は忘れたか、我々は将軍家の命が無ければ一歩たりとも京を動かん」座が割れざわめいた。それぞれが勝手なことを言い出した。芹澤は清河を見据えたままである。清河は顔を真っ赤にして芹澤を睨みつけている。その時、無口な近藤勇がやおら立ち上がり言った。

「我々が今あるは将軍家茂様の上洛に備える為である。我らには使命がある。拙者は京に残る」

「そうだ我らは残る」

土方歳三ら試衛館一派が呼応した。

座が険悪になった。睨み合っていた芹澤が席を立った。重助は芹澤に従った。新見はじめ野口に平山も後に続いた。近藤も試衛館の者達もそれに倣った。浪士隊はあっけなく分裂した。重助達芹澤一派、近藤一派は清河と袂《たもと》を分かった。後に、清河は密かに朝廷に接触し、幕府の命によること無く浪士隊を意のままに使える権限を得た上に、江戸帰還の勅宣《ちょくせん》まで得ていたことが判明する。

その月の十日を過ぎた頃、清河達は東下し横浜に向かった。

芹澤、近藤ら一部の者達を除いて大半の浪士達が清河に従い京を去った。

「京に上ってまだ一月にも経たぬうちに分裂とは、しかも大半の者がそれに従うとは私には解らぬ」

「いや、あの男は出立以来、何かを企んでいた。会った時から虫の好かん奴だった。策士ぶっているが奴はやがて策に溺れ己を滅ぼすに違いない」芹澤が重助に言った。

京に残った者は芹澤鴨、近藤勇、新見錦、土方歳三、平山五郎、山南敬介、粕谷新五郎、野口健司、沖田総司、原田佐之助、藤堂平助、井上源三郎、永倉新八、斎藤一、佐伯又三郎、阿比留鋭三郎、それに重助の十七名であった。

浪士隊は消滅した。そのことは幕府の支援が無くなるということであった。京で動くための後ろ盾を得ようと重助や土方達は奔走した。そんな折、芹澤家の分家にあたる芹澤又右衛門と甥の助次郎が訪ねてきた。二人は水戸藩主の慶篤《よしあつ》と共に三月の初めに上洛していた。今となっては水戸藩でも会津藩でも良かった。幕府に近い雄藩の後ろ盾が必要だった。重助と土方達は素早く動いた。近藤もこの案に乗った。芹澤の分家に頼って水戸藩を動かす。それには芹澤に分家に頭を下げて貰わねばならない。

「芹澤先生、是非とも先生の力を借りなければ事は成りません。近藤は見ての通りの男で京には伝手もなく、談判事など出来ませぬ。このままでは軍資金も底をつき、やがては京の巷に放り出されてしまいます」

土方に先生と言われ芹澤の虚栄心がくすぐられた。一瞬、額に皺を寄せ難しい顔をしたがまんざらでも無い様子である。

「ふ～ん、兵糧がつきては困る。助どん、本圀寺《ほんこくじ》に又右衛門殿がまいっておると聞いたが訪ねることにするか」

「それが宜しいかと」

「しかし、又右衛門殿はお家大事、御身大事の堅物じゃ。上手く行くかのう」

「近頃、西国の浪人共が京に集結しております。それに長州の動きも目立ってまいりました。会津藩も水戸藩もそれなりの手勢を引き連れておりますが、その手勢を以ってしても洛中の今の乱れを納めるのは、容易なことではありませぬ。藩兵を動かしての戦なら兎も角、今は、京を混乱に陥れ幕府の権威を落としめんとする賊との小競り合いと思います」

「解った。土方君、その役は我々のような臨機応変に動ける者が適役と言うことだな」

「芹澤先生、幕府も会津も水戸もそれが解ってきたはずです」

芹澤は素早く水戸藩への働きかけに動いた。引っ込み思案の近藤とは違う。土方は芹澤の直感力と行動力に改めて感心した。水戸藩への働きかけがどういう経路を辿ったかは知らぬが会津藩の乗り出す所となった。

　水戸藩では先代の藩主斉昭《なりあき》公が異国船の来航以来この方十年、海防に洋式の軍備にと藩費を費やし藩の財政は逼迫していた。さらに藩内で守旧派、改革派の争いが起きていた。京に勢力を裂くなどできぬ事情があった。

　話は上手く進み重助はじめ仲間は会津藩お預かりとなり、十七名の首は繋がった。名を壬生浪士組と改め、月に三両という報酬も約束され、さらに働きによってその都度報酬が出ることになった。新たに三人の隊士が加わったが二十名では心許ない。

「土方君、隊の態勢を整えねばならんな。腕の立つ者を募らねばならん」

「芹澤先生、近藤もそう言っております。そうは言ってもどんな者でも良いという訳にはいきませぬ。清河の様な輩の言に左右されるようなものでは困ります」

「そうだ土方君、その通りだ」

「とは言っても今更東国より伝手を頼って人を集める訳にもいきますまい。大坂や近在の町道場に当たっては如何かと思います」

「それはよい考えだ。近藤君らと早速出向いてくれ。腕の立つ肚の据わった者をな」

近藤や土方達は大坂や畿内の道場を当たって三十名の隊士を募った。沖田総司が試合を挑み近藤と土方が相手の腕を見極めた。募った隊員の中には剣術好きの町人、会津藩より勧められた者もいたが、道場の師範を務める程の凄腕の者や命知らずが集まった。

隊も新たに編成し直され、芹澤が筆頭局長に近藤が局長と決まった。会津藩お召し抱えに至る芹澤の働きがあったので誰も異論は唱えなかった。隊士は数名ごとに隊に編成され残留組の十七名は幹部になり、重助は勘定方となった。探索方と言う諜報活動をする役目も新たに設けられた。探索方は十人ほどの町人を雇い、もっぱら洛中をうろつく西国の浪人や、それに加勢する商人達の動向を探らせた。土方が頭となり実戦の訓練もした。

一人の敵を数人が囲み、退路を断ち確実に相手を仕留める戦法や、建物内での戦い方など実戦を意識した調練が行われた。

重助は勘定方の役目に内心安堵していた。己の身は守らねばならぬが不逞浪人を多数で囲み、斬り殺すことには躊躇《ためら》いがあった。

どうしても腰が引ける重助を見て近藤勇が、

「勢子の役目しか出来ぬ男だ」と陰口をきいた。

（俺は勢子で良い。獣を囲んで逃がさぬ役目で良い。俺が仕留めなくても腕が立つものは他にいる）重助はそう思っていた。

芹澤は平山を従えて祇園や島原に通っていた。ある日、お梅という女が芹澤の許に貸し金の請求に来た。大店の商人の囲い者らしい女は度々宿舎に訪ねてきて、やがて芹澤の居室である離れに入り浸りになった。

近藤は滅多に外出せず書の手習いをしているらしい。

「近藤さん、精が出ますね」

「ああ歳さんか、良いところへ来た。実はな、先日所司代に行った折、会津藩の調練を見る機会があった。さすが会津だ。規律がとれている。それに上の者が規則をかみ砕き藩兵に周知している。藩兵は一つひとつに、大声で、おお、と答える。見ていて気持ちの良いものであった」

「ほう、近藤さんが感心したとは、それで規則とはどのようなものでござったか」

「まあ歳さんちょっと待ってくれ。そこで俺は考えた。我ら壬生浪士組にも規律が必要だと、しかし会津藩のそのままという訳にはいかん。そこでだ」

近藤勇は文机の上にあった一枚の書きかけの紙を土方に示した。
一、誠の道に背くまじきこと
一、勝手に金策………
一、許可無く隊を………

「近藤さん、誠の道とは……」

「武士道だ」

「武士道か、難しいな。ところで、これに背いた者はどうなる」

「それは切腹を申しつける」

「切腹とは厳しい仕置きだな」

「歳さん、武士である以上やむをえん」

「近藤さん、芹澤局長の意見も聞かねばなりますまい。特に金策については」

「ああ、それはせねばならん。そこは歳さんに任せるが良いかな」

近藤は芹澤が苦手である。議論は苦手である。二人の間は土方が取り持った。

芹澤は隊の雑事などには興味が無かった。うわの空で聞き流した。後日そのことが芹澤には後悔の種となり、芹澤と近藤の確執に拍車をかけた。

芹澤の江戸以来の同志である新見錦が隊規を盾に近藤達に切腹を迫られた。勝手に金策したと言うのがその理由である。新見錦は女を囲っていた。銭が必要だった。女と言えば芹澤もお梅という女を情婦にしている。芹澤も金策をしていたが女の為だけではなかった。会津藩からのお手当だけでは五十名を超える隊の雑費はまかなえなかった。芹澤は筆頭局長であるから近藤も面と向かっての批判は出来なかったが新見には厳しく当たった。新見は一度は言い逃れたものの、結局捕縛され腹を切らされた。

「近藤君、新見を捕らえて斬ったというのはまことか」

「芹澤さん、彼も武士です。我々は武士としての道を説き新見は自ら腹を切りました」

「新見が何をしたと言うのだ」

「新見は勝手に金策いたし、その上身勝手な申し開きを並べ、あげくのはてに隊を脱走し郷士邸に押し入り、家人に狼藉をはたらきました。隊員としてあるまじき行為がありました故、隊規に則し切腹を申しつけました」

「近藤君、試衛館の門弟の中にも彼ほどの使い手は、そうはおるまいに。ちと性急過ぎぬか」

「新見をそのままにしておいては、他の者に示しが付きませぬ。それに壬生浪士組は今や単なる浪士組ではありませぬ。悪評が立っては会津様や所司代にも見放されます」

「そうは言っても新見は幹部だ」

「幹部であるからこそ、けじめを付けねばならんと思いました」

幾ら話しても、話はすれ違った。理は近藤にあった。芹澤は腑が煮えくりかえった。

（いつか、こ奴を斬ってやる）

近藤も腹の中で思った。

（この男は我らの為にならぬ、いつかは……）

新見の死もあって芹澤の酒が益々増えた。新見の件で二人の間に深い溝ができ、周りの者達を徐々に巻き込みながら進行していった。

八月十八日、京に政変が起こった。その頃朝廷では尊王攘夷派と公武合体派に別れ、権力争いが生じていた。その日、会津薩摩の両藩は公武合体派に与して、長州藩が後押しする三条実美ら尊皇攘夷派の公卿七名を、京より放逐した。壬生浪士隊は会津藩の傘下で御所の警護に当たった。長州藩は京を追い出され公卿七人は都落ちした。この時の機敏な統制のとれた浪士組の動きが、お上の知るところとなって新撰組という名を賜り、改めて京南西部の警備を任されることになった。京を追い出された長州の浪人達は、一時京を退いたが洛外に潜み蜂起の機会を窺い、それを阻まんとする新撰組の間で小競り合いが頻繁に起こった。

この事件を契機に反幕府と親幕府の色分けが生じ、新撰組は会津藩と共に親幕派として運命を共にすることになった。京に投じられた政の一石がやがて時代の渦となり、波紋が大きなうねりとなって国中を巻き込んで行くが、重助達には、そのうねりはまだ見えていない。

四

数日、京は暑さが続いた。日暮れて雨になったが夜半に上がった。一時、涼しくなったがいつの間にか元の暑さに戻っていた。朝の早い重助だがその日は、とりわけ早く目が醒めた。朝の気配はまだ無かった。いつもうるさいほどにぎゃーぎゃー、とわめき立てる烏の声もまだ聞こえなかった。日の出にも間があるようだった。重助は布団の上で躯を起こした。朝の早い中間長屋の方にも全く動きはない。母屋も離れもまだ眠りの中にあった。

重助は箱枕を引き寄せ、そっと、撫でてみた。

箱枕は昔、村役人を仰せつかった時、叔父の八郎より拝領した物だ。布で拵えた頭部を外すと裏は十露盤《そろばん》になっている。下の箱の部分は手文庫で、この中にかつては百姓から預かった畑租の銀や小銭を入れていた。今は金が確か十数枚に預かり文一通、巾着袋に入れた銀が一つかみ、それに、いねからの文が一通、重助にとってそれらは命の次に大切な物である。

正月にいねが布の部分を繕い直してくれた。布はいねが大事にしていた着物の袖である。重助は枕を押し抱き匂いをかいでみた。中から仄かにいねの匂い袋の香りがした。

郷では間もなく刈り入れが始まる。いねや久衛門は息災だろうか、下僕の音弥や小作の夫婦はいねの手助けになっているだろうか、米の出来はどうだろうか、未明の闇の中に故郷の風景が浮かんできた。脳裏に様々な思いがよぎった。

（お役目はいつまで続くのだろうか、このまま黙って、継次殿について行けば良いのだろうか）

一瞬、迷いの気持ちが起こったが箱枕を離すと不思議なことに迷いが消えた。かすかに闇が明るくなり裏の森の鳥が騒ぎ出した。重助は壁際の文机の下に箱枕を押し込んだ。隠すように奥へと押し込んだ。重助は床を離れ素早く稽古着に小袴を着け、屋敷の西の隅にある中間長屋の方に向かった。

東の空が次第に明るさを増し、足下の敷石や刈り込まれた植込みに、昨夜の雨の痕が見えた。足音をしのばせて井戸に向かった。釣瓶を静かに引き上げ木桶に水を移し、水の納まりを見た。水は僅かに右に流れて揺れている。（吉……では無いな……）

重助なりの、その日占いである。

中間長屋の引き戸が開いて下僕の徳松が顔を出した。

「平間様、今日はいつになく、早うございますなあ」

「ああ、徳松か、寝苦しいのう、京はいつもこのようか」

「今年の暑さは特別です。長く住んでいても今年の暑さは身に堪《こた》えました。これだけ暑いとその分、冬が寒うなります。雪も降りますので老体には堪えます」

「ほう、冬は雪となるのか」

「はい、こんな年は雪が多うございます。ところで、平間様の郷は常陸とお聞きしましたが雪は降りまするか」

「雪は滅多に降らぬが風が吹く。筑波おろしが吹く。数日吹きまくる。家が泣き、森が鳴き、獣が啼く。眠れぬ夜もある」

「雪が降らねばようござる。私の郷は敦賀の在でありましてな、十三の春に木の芽峠の崖道を越えて京に参りました。春とはいえ、雪の多い年でございまして、幼なじみが足を滑らせ谷に落ち命を落としてしまいました。今でもその時の、友の叫び声が頭から離れませぬ。雪は嫌いでござる。寒いのは苦手でござる。長いこと京で奉公しております。一度、江戸の街を見とうござる。冥土の土産に富士の山も見とうございます」

「ほう、富士の山を見たいか」

「はい、それはもう……」

（そう言えばいねも富士の山を見たいと言っていた）

郷《さと》の暮らしは日の出と共に起き野良に出て日暮れと共に一日が終わる。季節に追われ一年が経ち、知らず知らずのうちに歳を取ってゆく。楽しみと言えば湯治か神詣でぐらいである。家を守る女は雑事に追われ子育てに追われ、それもままならぬ。

（いつか、いねに富士の山を見せてやろう。久衛門や音弥にも見せてやりたい）

重助は東の方角に目をやった。その方角に郷里の芹沢がある。いねと久衛門が居る。近頃、里にも不穏な動きがあるらしい。水戸表に派閥争いがあり、領内への指示が二転三転し、民百姓は不安な日々を送っているらしい。京もそうだ。流れ者が街の中を闊歩し斬り合いも押し込み強盗もある。京も故郷も乱れてきた。二人のことが気になるが、今の重助には何もしてやれない。自分には役目がある。それがいつ終わるのかは、誰にも解らぬ。東の空が明るさを増してきた。重助はまだ見えぬ日輪に手を合わせた。一日の始まりにはいつもそのようにした。そして躯を拭いた。いつもより丁寧に拭いた。

（今日は格別な日だ。京に上って早半年、やっと落ち着いて働く後ろ盾が出来た。今日は角屋で江戸以来の同志、新たに加わった同志も交えて、宴がある）

五

土方歳三はいつもの時刻に床についたが、頭が冴えて眠りに着けなかった。夜半に庭に出た。夕刻から降り出した雨は止んでいた。植込みの中で虫が鳴きはじめ、僅かずつその声が大きくなってきた。空を見上げると薄墨色の空が周りを包み込んでいる。足音を忍ばせて庭を横切り裏木戸を開け八木邸を見た。暗がりに目が慣れると路地を挟んだ八木邸の屋根も門の潜り戸もくっきりと見えた。

(よし、僅かな月明かりもあれば足りる)

寝間に戻った。夜目に暗がりの中の夜具がくっきりと目に付いた。

(事は瞬時に進めねば、奴らが気付かぬうちに急襲せねばならぬ。夜具を見つけ一突きに……斬り合っては面倒だ)

土方歳三が目覚めた時、陽はすでに昇っていた。隊士達が朝の日課を勤める声がしきりに聞こえる。急ぎ身支度を調え縁に出ると、沖田総司が寄ってきた。

「さすがは土方さん、ぐっすりお休みのようですね」

「いや、そうでもない」

「これから原田さんのお供をして巡視に行ってまいります」

「そんな時刻か」

「いや、私も原田さんも早く目が覚めましたゆえ。それに河原の方が涼しかろうと思いますので」

「それもそうだ」

沖田総司はいつもの澄んだ声でさらっと言って出かけていった。急ぎ朝飯をかっ込み、近藤勇の部屋に行った。近藤は文机に向かいなにやらしたためていた。

「近藤さん」

「ああ、歳さんか……」

近藤はそのまま手を休めず、書き続けている。

「暫くしたら、芹澤局長に挨拶に行ってまいります」

「ああ、そうか」

「留守居役にも酒など届けてまいります」

「ああ、そうしてくれ」

近藤は机に向かったままである。手は動いているが何やら思案の様子。土方歳三は部屋に戻り、愛刀の和泉守兼定の鞘を払い、静かに刀身に目をやった。肚《はら》は決まっていた。

愛刀は会津の刀匠兼定の手による身幅の厚い実戦刀である。竹釘を濡らし鞘に収めた。

昨夜、近藤は部屋に井上源三郎、山南敬助、沖田総司らを呼んだ。

「芹澤鴨を斬れ」

近藤は自ら下知した。沖田総司には三日前に土方歳三が打ち明けていた。

「主命である」と近藤は言った。会津藩とも所司代とも言わなかった。

「新撰組の為である」近藤はそう言った。

「明日、角屋での宴の後、事を起こす」

三人は黙ってうなずいた。

二月ほど前、近藤は所司代に呼び出された。芹澤が商家の土蔵を焼くなど狼藉をはたらいた数日後のことであった。

「局長は二人はいらぬのではないか」

相手はそう言った。近藤にはその言葉が何を意味するのか即座に解った。そのことを土方歳三に話した。土方は迷わず決断した。

「芹澤がいては新撰組の為にならぬ。斬ろう。近藤さん殺ってしまおう」

二人はその機会を待った。二人は何度も策を練った。事はあくまでも内密に運ばねばならぬ。芹澤は神道無念流の使い手である。まともに斬り合えば近藤達も無傷ではいられない。

それに芹澤は筆頭局長である。芹澤を暗殺したことが世間に知れては新撰組が終わってしまう。体面を気にする公儀は内輪もめとして京から新撰組を放逐するだろう。二人は策を練りに練った。確実に隠密裡に事は運ばなければならない。

芹澤が酔いつぶれた日、寝込みを襲う。それが土方歳三の出した結論であった。

「歳さん、芹澤は何があっても殺らねばならぬ、しかし他の水戸浪士どもはどうする」

土方はそこに多少躊躇いがあった。

「平山五郎の寝間は芹澤の居室に近い。騒がれてはまずい。殺らねばならんと思う」

土方はそう言った。

「野口はどうする」近藤が問うた。

土方は暫く考えていたが

「宴の後、あいつは糸末屋に誘い出してはどうか。最近馴染みの女が出来たらしい。誰かに金子を渡しておきましょう」

「あの男、あの勢子《せこ》の様な男、平間は殺らねばなるまい。あいつは芹澤の従者だ」

「近藤さん、俺にはあの男は斬れん」

「なぜだ」

「斬りたくないだけだ」

「あいつは芹澤から一時も離れん。事が外部に露見しては困る。なれば俺が斬る。刀の錆にしかならん男だが……」

「近藤さんは行かぬ方がよい。部屋で待っていてくれ。屋敷の者に感づかれては困る」

「平間さんは酒はあまり強くない。呑ませてしまえば寝込んでしまうに違いない。それに平間さんの寝間は離れている」

「そう上手く行くかのう」

「俺が請け負う。俺は斬りたくない。それに瞬時に事を運ぶには、相手は少ない方がいい」

斬りたくない。それは本心であった。

重助には借りがある。そんな気がしていた。近藤勇は忘れてしまったようだが、本庄の宿での不手際、怒る芹澤を押さえたのは、重助だと思っている。それに土方は土の匂いのする律儀な田舎侍の重助が好きであった。土方が八木邸に気楽に出入り出来るのも、重助がいるからであった。

「二人に絞った方が良いと言うのかい」

土方は無言でうなずいた。

「それで抜かりはないかのう」

「いや、女がいるかも知れん」

「あの女か。芹澤の情婦、確かお梅とか言ったな」

「最近足しげく通ってくるそうだ。泊まっていくことも多いらしい。まるで女房気取りだ、と留守居役が言っていた」

「斬るか？　斬ろう。漏れては困る」

「不憫だが斬らねば。騒がれてはまずい」

「事を起こすとすれば、夜半か」

「近藤さん、あんたも知っての通り、俺は時々芹澤の所に顔を出している。帰りは必ず平間さんの所へ寄ってきた。留守居役の所にも顔を出している。酔ったふりして後に付いていっても、奴らは疑わぬ」

「奴らが寝入った後だな」

「俺が八木邸から戻ったその時だ。ただ闇の中だ。僅かでも月明かりがあればと思う」

「月が無ければ何とする」

「その時考える」土方は言った。

そこまでは土方が考えた。

後の始末は近藤の考えることとした。

土方は身支度を調え八木邸に向かった。芹澤はすでに出かけていた。芹澤の寝間を丹念に見回し平山五郎の部屋に入った。

そして床の間の刀の置き場所を確認した。

「芹澤局長は、今しがた出かけた。お梅に茶屋にでも誘われたのだろう。近頃、益々盛んになってきた」

平山はにやりと笑って、そう言った。

重助は部屋に籠っていた。いつもなら重助の部屋で話し込むのだが、その日は声をかけずに前川邸に戻った。

探索方の下働きの小者が土方の帰りを待っていた。近頃、長州の浪人とおぼしき者どもが方行寺のあたりから河原を五条の橋の方へ行くのを何度も見たという。祇園の辺りにも隠れ家があるに違いないと言う。沖田総司達はもう出かけている。土方は数人の隊士をつれて鴨川辺りを探索することにした。

午後、重助は野口健司、平山五郎らと隊を組み洛中の見回りに出た。壬生の屯所を出て四条大路を東に向かい八坂神社に向かった。

八坂神社に四人の隊士を引き連れた土方歳三がいた。探索方の下働きの小者が祇園の方からかけてきた。いつもは三十三間堂に向かって七条大路まで東大路を南に下って七条大路を西に向かい、島原を近くに見て屯所に戻るのが順路である。土方が四条の橋に戻り鴨川沿いを七条大路に向かっては如何か、と言った。夕刻前には島原の角屋に参集することになっている。

五条大路を過ぎて方広寺の裏手に差しかかった時、細い路地より浪人風体の一団が現れ、前を横切り河原に降りようとした。土手を降りかけた時、後尾の男がこちらを振り向いた。

平山五郎が数歩先に出て言った。

「長州の奴らだ。島原で何度か見かけた。おのれ長賊め……」

平山五郎は刀に手をかけ土手に向かった。続いて土方歳三と野口健司が走った。重助達も少し遅れて続いた。見ると相手は七名、こちらは八名である。数に不足はない。平山五郎の動きに気づいた後尾の一人が、振り向き身構えた。続いて三人が戻ってきた。残る三人は小走りに橋の方向に向かった。重助達は四人を取り囲んだ。平山五郎が鞘を払い、何か叫びながら、後尾の男に向かって行った。土方が戻ってきた三人の前に立ちはだかり、静かに剣を抜いて正眼に構えた。二人の浪人が剣を抜き重助達に向かってきた。重助達は四人を取り囲んだ。一人土方に向かい合った男はまだ剣を抜いてない。やや腰を沈め間合いを計っている。平山五郎はすでに剣を交えている。二人が動く度に、重助達の囲みも動く。腰を沈めた男が土方に向かって鞘を払った。居合い抜きである。土方歳三はその刃を受け止め鋭い突きを返した。

相手はその瞬間、僅かに右に躯をひねった。土方の剣が相手の羽織の袖を突き抜いた。居合いの男は後ろに下がり間合いを取った。そのまま二人は動かない。平山五郎が後尾の男の刀を跳ね上げ返す刀で、肩口を切った。相手の動きが止まった。左膝を地面に付け刀を前に突き出し、平山を睨んでいる。左腕に血が流れ出した。平山五郎も肩で息をしている。次第に四人は川縁に追いつめられた。重助達はなおもじりじりと押してゆく。

「川の中に追い込め」土方が言った。

浪人達は川の中に追いたてられた。川面は波立っていた。水かさが少しずつ増えていた。浪人達は斬られた男をかばいながら、浅瀬を五条の橋の方角に逃げようとした。平山が川の中まで斬り込んだ。悲鳴を上げ若い男が倒れた。なおも川の中に追い立てた。浪人達が次々に深みにはまった。恐ろしい形相で藻掻きながら四人の姿は次々に、暴れ始めた川の中に消えていった。

「平山さん、せっかくの羽織袴が濡れていては嫌われますよ」

土方の声に皆が我に返った。

そうだ、角屋には女達も待っている。平山も刀を納めた。重助は刀を交えずに終わった。内心安堵した。ふと見ると土方の着物の袖口が切れている。

「きゃつはなかなかの使い手だった。後は川の流れに任せよう。なあ、平山さん」

土方が後ろを振り向いて言った。

「長賊め……いつか叩き斬ってやる」

平山が憎しげに言った。重助達も後ろを振り返った。橋に向かった三人の浪人の姿は消えていた。その頃、小競り合いはしばしばあった。隊士が手傷を負うこともあった。重助には時々無益な殺生のように思えたが、口には出さなかった。

新撰組は揃いの羽織と袴を新調した。

今日はそのお披露目も兼ねている。角屋は島原でも一、二を争う大きな妓楼である。以前、芹澤が主人の不手際を突いて大暴れした。家財を壊し家人を震え上がらせた。気に入った女がいなかった所為《せい》もあったが、東国の浪士達の粗野な振る舞いを嫌った主が、素っ気ない扱いをしたのが発端であった。ところが芹澤はいつの間にか主を籠絡し、今日は新撰組上げての宴を開く。脅《おど》したり、賺《すか》したりは、芹澤の得意とする交渉術である。この事以外に芹澤は幾つも事件を起こした。土方などは、芹澤が行くところ必ず事件が起こる。芹澤鴨そのものが、問題なのだと言ったが、重助から見れば、あながちそうだとばかりは言えない。芹澤は神経が細かいのだ。他の者より感じるところが多いのだ。

大坂での力士との一件もそうだ。喧嘩を売ったのは相手だ。武士の進路を遮ったのは相手だ。そして話を大きくしたのは近藤だ。仲間を連れて押し入ってきた力士を前に、近藤は何を思ったか、真っ先に斬り込んだ。試衛館の一派もやりすぎた。あんなに大勢斬らなくても良かったものを、近藤が突如常軌を逸したのだ。

近藤には武勇伝が無かった。日頃それを負い目に思い、その機を窺っていたのだ。そうに違いない。目立った行動が多い芹澤を陰で批判する一方で、芹澤に嫉妬していたのだ。近藤という御仁はそう言う人だ。

この日は所司代の役人も含め六十人を超える宴になった。女達も集められた。その中にはお糸もお栄もいた。宴は日暮れ前に始まった。日暮れと共に風が強まり雨になった。

風は強風になり雨は豪雨となり、道は川になったが宴は続いた。普段無口の近藤も珍しく饒舌で酒を呑み、しきりに芹澤をほめあげていた。鴻池より二百両せしめた時の重助の活躍を平山五郎がおもしろおかしく一同の前で語った。

一月程前、重助は芹澤鴨に同行して大坂の豪商、鴻池の店に出向いた。平山五郎、野口健司も一緒であった。用向きは新撰組の活動資金の調達である。会津藩が後ろ盾となったことで日々の暮らしは何とかなったものの、潤沢とは言えなかった。局長の芹澤や近藤ら一部の幹部を除くと隊士の衣装はまちまちで、中には京の街に増えてきた西国の脱藩浪人に間違えられる者もいた。

京の治安維持のため洛中を巡視するには、新撰組の存在を、京の街に知らしめなければならぬ。まず衣装を改めねばならぬ、と芹澤は考えた。この考えに近藤も異論が無かった。しかし近藤は金策は不得手である。少々乱暴な事があっても芹澤に任せるしかないと考えた。鴻池は大店である。主人に会うにはやや手間がかかったが、大坂一の商人であるから京の情勢は常に探っていた。新撰組という名は知らなくても京都守護職である会津藩主松平容保預かりの浪士隊の存在は聞き及んでいた。一行は奥の座敷に案内された。頃合いを見て主が一行の前に顔を出した。

芹澤が京を守る大儀と新撰組の役目を説き、資金の供出を求めた。主は鷹揚にうなずき番頭に金子を用意させた。此処までは良かった。すんなりと用向きは済む筈であった。

番頭が小判を持ってきた。差し出された小判は三十両であった。重助はちらりと芹澤の横顔を見た。芹澤の顔付が変わった。みるみる顔が赤くなり、腰の鉄扇に手をかけた。

「おぬし……我らを何と見る………」

そこまで言った時、重助が後手で刀を引き寄せ左手で刀を抜き主の前に飛び出した。刃は主の首の一尺ほど前で止まった。主はのけぞり、番頭が驚き、声を上げた。重助はそのままの格好で番頭を見た。番頭はあわてふためいて店へ飛んでいった。驚いたのは番頭だけではない。野口健司は驚き立ち上がろうと腰を浮かした。平山五郎も驚いたが平静を装った。勿論、芹澤が一番驚いた筈だ。しかし芹澤は鉄扇でしきりに首のあたりを叩きながら主を睨みつけていた。芹澤は本当に驚いていた。次に続くいつもの、脅しの大言壮語が出てこない。番頭が戻ってきて、主がさらに二百両を差し出した。芹澤が鉄扇を腰に戻した。重助も刀を納めた。

重助は金子の少なさに怒ったわけではない。芹澤の躯に彼自身にも押えられない血が走るのが見えたのだ。此処で狼藉を働くことは止めねばならぬ。角屋の一件が重助の頭にあった。重助の一瞬の判断で、あらかじめ画策したわけでは無かった。締めて二百三十両せしめた。帰り道、芹澤が言った。

「助どん、恐れ入ったなあ……俺は慌てたぜ。まさかあんたが飛び出るとは、夢にも思わなんだった」

「鋭い突きでしたなあ。平山さんも局長も平然としていましたが、私など思わず腰を浮かしてしまいました。それにしても見事な居合い抜きでござった」

「助どんの突きは鋭い。郷ではあれで鳥を捕りよる」

芹澤はそう言って、にやりと笑った。

「して、平間さん、その技何処で会得なされた」

「野口君、居合いなどとんでもない。百姓技でござるよ」

話を遮るようにそう言って、重助は先に立って歩いた。

その晩四人は大坂の妓楼にあがり、朝まで浴びるほど酒を呑んだ。二十両が酒と玉代に消えた。芹澤達三人は上機嫌であった。隊士六十名の揃いの夏羽織と袴が新調された。

新撰組の新しき門出に宴は盛り上がった。土方が重助の側に寄ってきて、漏れ聞いた重助の手柄話を誇張して周りの者に話した。座は一段と賑わった。

（俺には手柄話などいらぬ。俺は勢子だ。獲物が逃げぬように周りを取り囲むだけだ）

重助は言われるままにしていたが、いつのまにか酒は進んでいた。芹澤や近藤の前には新参の隊士達が列をなし杯を交わしていた。

芹澤もいつになく上機嫌であった。

宴は戌の刻を過ぎる頃まで続いた。いつもなら拍子木が聞こえるところであるが強風が吹き荒れ、雨脚も強く周りの音は消された。

芹澤はかなり酔っていた。平山五郎が肩を貸し籠に乗せ屯所に向かった。平山、重助は後に続いた。酔いつぶれた者、まだ飲み足りぬ者が居残り、野口健司らは数人で馴染みの妓楼に向かった。芹澤は屯所に戻ってからも酒、酒と騒いでいた。後からお糸とお栄、それに土方が来た。土方は奥の留守居役の部屋に行った。芹澤の部屋にはお梅が待っていて酒の席に加わった。程なく芹澤は酔いつぶれてお梅と共に寝間に戻った。その後四人でさらに飲んだが、やがて平山もふらつく足をお栄に支えられ寝間に入って行った。重助とお糸が残された。

土方歳三は留守居役の部屋にいた。昼間届けた酒で留守居役は酔っていた。嬌声が暫く続いていたがやがて静かになった。雨は上がったようだが風はまだ残っていた。更に酒を勧めているうちに留守居役も寝入ってしまった。足音を忍ばせて玄関に向かった。重助の寝間は物音がしなかった。平山の寝間からは荒い寝息が聞こえた。女物の草履が二足消えていた。

(お梅は不憫だが已むを得まい……)

門に続く石畳に木の葉が舞っている。見上げると雲が切れかけている。門の袖の潜り戸を抜け左右を見回し前川邸の裏木戸に滑り込んだ。雲が動いている。月はまだ見えぬが空は次第に薄墨色になってきた。

土方の部屋に三人の男が待っていた。薄汚れた着物に着替え皮足袋を履き、顔は煤《すす》で迷彩を施し目だけが異様に光り、鬼のような形相で控えていた。土方は素早く小袴を着け身支度を調え墨色の頭巾を懐に入れた。屋敷内は寝静まっていたが、近藤の部屋には明かりが灯っていた。近藤は文机に向かっていた。傍らに、愛刀の虎鉄が置かれている。

「近藤さん、行くぜ」

土方は声を潜めて言った。近藤が虎鉄に手をかけ、立とうとしたが土方は手で制した。四人は裏木戸に向かった。暫く目を慣らすように周りを窺った。雲が切れ東に流れはじめ走り行く雲間に、時々月が顔を出した。

　風が巻き木立を揺らした。土方が頭巾をかぶり後を振り返った。それを合図に四人は裏木戸を飛び出した。土方に続いて沖田総司が素早く飛び出し井上源三郎、山南敬助が続いた。八木邸の潜り戸を入った所で土方は鞘を払った。後の三人も土方に倣った。土方が飾り戸を開け忍び込んだ。足音も戸が滑る音も風が消してくれた。控えの間に忍び込み襖を開けると闇の中に夜具が浮かんで見えた。真っ先に井上源三郎が踏み込み、夜具の上の膨らみに刀を突き刺した。掛けていた襦袢が持ち上がり、平山の躯が跳ね起き、声にならぬ呻き声を上げ両手を振り回し後退りした。

　急所をはずした。慌てた山南敬助が左胸を狙って刺したが刀は肩口を滑った。平山が背を向け逃げようとした時、井上源三郎が袈裟に斬った。振り上げた刀が床の間の落とし掛けにあたり硬い音がしたがそのまま強引に斬り抜いた。とどめは井上源三郎に任せ三人は離れに向かった。

　前室の燭台が消え入りそうな僅かな光を放っていた。襖を開けると夜具の上に下帯一本で大の字の芹澤と、添い寝するお梅の姿が見えた。はだけた着物の裾から女の白い足が夜目に浮かんだ。

　鬼の様な三人が寝床を囲んだ。吹き込んだ風に燭台の明かりが消えかけた時、沖田総司がお梅の首に刃を当て一気に押し斬った。血が飛び散った。お梅は声一つあげなかった。

同時に土方と山南敬助が大の字の芹澤の胴めがけて突いたが手元が狂って芹澤の躯が跳ね上がった。同時に芹澤が獣のような声を発した。沖田総司が首を狙ったが手元が狂い上腕を斬った。血が屏風に飛び散り、生臭い風が舞った。芹澤が起き上がり縁側の方によろめいたが文机につまずき動きが止まった。すかさず背中から、土方の剣が躯を貫いた。芹澤は文机に突っ伏すように倒れ、弾みに障子が飛んだ。土方が刀を引き抜くと、血が吹き出て辺りに飛び散った。

「退け……」

土方は低い声で下知して庭に走り出た。四人は庭を走り門に向かった。土方は開け放たれた玄関を見た。重助の寝間に動きは無い。中間長屋も寝静まっている。潜り戸を抜け前川邸に戻った。土方は八木邸を振り返った。誰も彼らに気づいた様子は無かった。裏木戸を通り抜け部屋に戻りかけた時、声が聞こえた。

「賊は何処だ……」

誰かがそう叫んだようだった。土方は裏木戸を開け八木邸を見た。風が起こり周りの立木が揺れた。凩は木葉を捲き込み、渦巻いて空に昇って行った。

再び、土方が裏木戸を閉めた時、戸が風に泣き軋んだ音がした。

六

甲高い女の声で重助は目を醒ました。忙しく路地を往来する足音や掛け声が聞こえ、板を叩く木槌の音も混じってなにやら建屋の普請でもしている様子である。昨日の嵐は激しかった。壊れた家屋でもあったに違いない。格子窓から陽が差し込んでいる。そっと戸を開けると生ぬるい風が吹き込んできた。重助は板の間を見回した。箱枕が部屋の隅に置かれている。

お糸が顔を出した。昨日の嵐で長屋の周りも掘り割りの水が溢れ、川になったと言う。長屋も突風で屋根板が飛び遊廓の土塁が崩れ屋根瓦が飛び、男共が総出で後始末に追われていると言う。嵐の去った今は雲一つ無い青空だと言った。

「お糸、済まぬ。迷惑をかける」

「何を言いますのか、でも驚きました。あの様に取り乱した平間様を見るのは初めてです。こんな所に訪ねて来る人など、おりません。安心なさりませ」

お糸が身繕いを直してくれた。重助は京の漬け物と薄い汁で飯をかき込んだ。少しずついつもの重助の躯が戻ってきた。

（お糸を追い返して良かった。一つ間違えばお糸も殺られていた。お栄はどうなったのか、そうだ、お糸と共に帰ったのだ。こうなったからには兎に角、京を離れねば。そうだ、本圀寺に助次郎殿がいる）

重助は助次郎への文をお糸に託した。重助は昨夜の記憶を辿った。

（昨晩、俺はお糸を寝間に誘った。俺はお糸を後ろ抱きにした。お糸は逆らわなかった。そのうちお糸が妻のいねのことを口にした。いねの顔が浮かび、途端に俺の男が萎えた。そうだ、そこで俺はお糸を突き放し、帰れと言った。そこまでの記憶はある。お糸を追い出し、そしていつの間にか眠ってしまった。土方はいつ帰ったのだろうか、まさかあいつが……そんなことはない。一人の仕業ではない。あいつが長州の奴らの手引きを、いやそれはあるまい。それでは前川邸の裏木戸の閉まる音は、裏木戸に続いていた足跡は……近藤の手の者だ。同士討ちだ）

再び重助の背筋が凍った。重助は刀を引き寄せ握りしめた。言葉にならない恐怖が重助の躯を貫き思考が止まった。同志討ちなどとは考えたくない。重助の四肢が固まった。

お糸が帰ってきた。埒《らち》があかず手間取ったが芹澤助次郎に会えたと言う。

今宵、本圀寺の僧坊にて待つ、とのことであった。お糸は一抱えの風呂敷包みを持ってきた。中に羽織袴、草履などが入っていた。助次郎が取り急ぎ用意してくれたと言う。お糸が言ったに違いない。お糸が親指の傷の手当てをし髪を整えてくれた。僅かに伸びた月代を剃っている間、妻のいねがそうしているのだと重助は思った。

　お糸には大津の宿で出会い島原の角屋で再会した。重助がお糸を女長屋に訪ね、この三月ほどの間に気心が通じる仲になった。重助はお糸の後ろ姿に、独り言をつぶやいた。

「俺の郷《さと》の近くに琵琶湖のような湖がある。平坦な土地が広がり、高い山は筑波の峰が見えるだけだ。夏は湖面を渡る風が涼しく、京のように暑くはない。ただ冬は家を振わせ強い風が吹く」

　お糸が振り返り重助を見た。

「郷に妻と子がいる。妻はお糸に姿形がよく似ておる」

「早くお帰りなさいまし、お郷へ」

「俺は京を出る。俺を匿ったことで、お糸の身に災いが起こらねば良いが」

「案ずるには及びません。私は何も知りません。寂しいことですが、平間様のことは今日限りで忘れます。女が一人島原で生きて行くには、何も見なかったこと、何も聞かなかったことでなければ、生きて行けません」

「お糸、お前の郷は……」

「彦根の在の諸川という所です。山が迫り段々畑があって近くには川が流れ、春は山桜、秋は燃えるように紅葉が綺麗な村です」

「お糸、なぜ郷を離れた」

「忘れました。昔のことは疾《と》うに忘れました」

お糸が寂しげな顔をした。

「親御は郷におるのか」

「疾うにみまかりました。兄がおります。それに……兄に預けた子が一人」

「お糸も子を残して家を出たのか」

「平間様はなぜ京に参ったのですか」

「主家筋の意向でな。芹澤局長の家と俺の家は代々主従の関係にあって断れなんだ。それに一度は京の地を踏んで見たかった。いや京でなくても良かったのだ。郷を離れてみたかった。俺は郷士の端くれだが百姓と同じだ。季節に追われ、作物の出来具合に一喜一憂し、歳を取ってゆく。そんな暮らしに飽きていた。四十を過ぎて妙な焦りがあった」

「兄も同じような暮らしです。私は二十二で嫁ぎました。主人は知行地の見回りの役目をしておりましたが奉禄は僅かばかりで、それは厳しい暮らしでした。子を授かり楽しい日々もありました。でも、ある日主人がお役を外されました。租税に手心を加えたと言う理由でした。不作の年が続き、お百姓は粥をすする毎日でした。そんなお百姓を見かね、主人は手心を加えてしまったのです。心根のやさしい人でした。さらにお百姓から金品を受け取ったと言う噂が立ち、潔癖な人でしたから噂を気に病み、思い詰めたあげく腹を切ろうとしましたが、死にきれず滝壺に身を投げてしまいました。舅は悲嘆に暮れ後を追うように亡くなり、私は子を連れ兄の元に戻りました。でも普段でも苦しい生活の中で私と子を養うには無理がありました。子持たずの兄夫婦に子を託し私は家を出ました。もう九年になります」

「郷は恋しいだろう」

「それはもう……」

遠くを見つめてお糸が言った。人は故郷を選べない。地の果ての辺境に生まれても、雪の降る酷寒の地に生まれても、日々の暮らしが厳しくて悲しい思い出があったとしても、郷は郷である。自分の郷を悪しく思う者はいない。

「余計な事を聞いてしまった。お糸に悲しい事を思い出させてしまった」

「……………」

陽が落ち、長屋の窓にか細い明かりが灯りだした。夕暮れ時の通りの喧噪も鎮まり夜の帳が降りてきた。

「世話になった。お糸の事は忘れぬ」

「私は何も……平間様もご無事で……」

お糸の顔が少し歪んだ。重助はお糸に小判の包みを握らせた。お糸は差し出した重助の手を握り返し、首を何度も横に振った。お糸の柔らかい手の感触が重助の脳裏に残った。

「生きてください。平間様、何があっても、生き抜いてください」

お糸の声を背に重助は本圀寺に向かった。途中、風に乗って島原の方角から三味線の悲しい音が聞こえてきた。重助にはお糸の声のように聞こえた。振り返ると島原の遊廓が月明かりの中に黒々と浮び上がり、大門の提灯の灯が見えた。その明かりを目指し、京菜畑の一本道を急ぐ黒籠の先棒の提灯の灯が、左右に揺れ、尾を引いて光虫のように飛んで行った。

七

本圀寺で助次郎が待っていた。芹澤又右衛門も駆けつけた。二人は厳しい顔付をしていた。

「………申し訳ありませぬ」

重助は畳に手を着いた。その時不覚にも躯が震え涙がこぼれ落ちた。重助は暫くそのままの姿勢でいた。又右衛門が口火を切った。

「先ほど所司代の使いの者より、芹澤鴨、病にて没した、との届け出があったと聞いた。その僅か前、そちの使いの者が文を届けてきたと言う。何があったのか、病死とは如何なる事か、重助、答えてくれ」

「本日未明、屯所に賊が押し入りました。私が気付いた時には、すでに賊は遁走し、芹澤局長は寝間でこと切れておりました」

「何、賊とは如何なる者か、継次ほどの使い手の者が、易々殺られるとは、儂には思えぬ」

「それが解りませぬ。……ほんの短い間の事でした」

「殺《や》られたのは、継次だけか」

「平山五郎も斬られました」

「重助、もう一度聞くが、賊に心当たりは無いのか」

「重助殿、飛脚の辰蔵が先ほど聞き込んで来た話だが、今日未明に長州浪人が屯所に押し込み、斬り合いになったと言う噂が流れているが、そのことですか」

　助次郎が重助に聞いた。

「私も長賊かと……しかしすでに賊は逃げ去った後で、誰もいませんでした」

「継次が京でも狼藉を働いた事は、儂の耳にも入っていた。恨んでいる者も多かったろう。しかし、新撰組の局長を殺めんとする者は、そうはおらん。しかも昨晩は雨も強く風もあった。よほどの向こう見ずか、腕の立つ者達でなければ夜討ちは難しい」

重助は路地を挟んだ前川邸の裏木戸が閉まる音を聞いていたが、口には出さなかった。確信が無かった。同志討ちではないか、などと軽々に言えなかった。そう思いたくもなかった。又、この二人に災いが及ぶことも避けねばならぬ、と思っていた。又右衛門は近藤とも面識があった。重助は畳に目を落とした。答えられぬ苛立ちと己の不甲斐なさに、重助の躯が僅かに震えた。

「そうか、継次は死んだか……」

又衛門はそう言って深く息を吸い、長くはき出した。しばし沈黙が続いた。

「又右衛門様、私は芹沢に戻らなければなりません。私には役目があります。」

「重助、そうであったな。本家様に伝えなければならん。早いほうが良い」

「明朝、出立したいと思います」

「明朝か、それが良かろう」

「助次郎、重助のことはそちに任せる。重助、達者でな」

又右衛門はそう言い残し席を立った。重助と助次郎が残った。

「辰蔵が聞き込んで来た話によれば、近藤局長が自ら検屍をしたそうな。土に残された足跡から賊は七、八人。芹澤鴨局長、平山五郎討ち死に、平間重助、賊を追って屋敷を飛び出したまま行方知れずと言う話でござる。重助殿が賊を追って門を飛び出す所を、中間の男が見たと言っているそうで、相手が多数故どこかで斬られたのではないか、と探索したが未だ見つからず、ということになっている。賊は長州の浪人共で鴨川の土手での斬り合いの一件から、奴らに相違ないと土方歳三、野口健司らが言っているそうです」

「……」

「重助さんは行方知れず、それで宜しいのか」

助次郎は何かを察しているようだ。重助は無言で僅かに頭を下げた。

「芹沢に戻り、本家様に事の次第を話した後は、暫くの間身を隠した方が良いかと……いね殿の郷にでも、身を隠しては如何かと思いますが……」

芹沢に戻ってからも身を隠せとは、意外な言葉に重助は驚いた。助次郎は何かを知っている。しかしこの二人に迷惑はかけられぬ。二人には主家が、立場がある。芹澤の家も平間の家も何事もなく無事でなければならぬ。

ペリー来航から十年の時が経ち攘夷、開国と国論も別れ、幕府の打つ手は全てに後手に回った。幕府は財政も逼迫し国中の支配に陰りが見えていた。江戸に大地震があり、城下はじめ周辺に多大な被害をもたらした。人心は乱れ不安な時代を迎えていた。西国では倒幕の動きが芽生えていた。幕府の指令は日々変わり、大藩も小藩も、幕府の命令を行うに足る人的財政的基盤が弱くなっていた。また富裕な商人に金策を頼るなど、武家の力も権威も落ちていた。

街道の様相も変わってきた。借金に追われ農地や家を手放し逃げ出す民百姓が増えていた。故郷を捨て、流民は街場に隠れた。農民の移動を禁じた幕府のお触れなど有名無実になっていた。宿場も疲弊していた。将軍の上洛、長防進発に伴う公用無賃の軍事輸送は宿及び助郷村に多大な負担を強いた。多くの宿場が経営の為に定め以上の多数の飯盛り女を雇い入れ、宿場の風紀は乱れた。近在の者の宿泊を禁ずる、かつてのお触れは反古にされた。女を求めて男は宿に集まり宿も郷村も乱れた。物盗り押し込み強盗や人買いが横行し、宿場も物騒になっていた。勿論幕府も取締に乗り出したが、民の心も、宿場の運営の実情も知らぬ役人の打ち出す策は常に後手に回った。

(何があっても芹沢に帰らねばならぬ)

重助はその夜を本圀寺の僧坊に隠れて過ごした。脳裏に今日迄の様々な想いが去来し、いつまでも眠りにつけなかった。往来一札はじめ旅の支度は全て助次郎が調えてくれた。

重助は未明に京を出立し、東に向かった。

琵琶湖を見下ろす峠で重助は後を振り返った。大湖が青く静かに横たわり、遙か遠くに京の都が輝いて見えた。

重助は京に向かって手を合わせた。

芹澤鴨の顔が浮かんで刹那に消えた。

（京に上って半年の命だった。継次さん、あんたは、つむじ風に巻かれて天に昇って行ってしまった。あんたを京に残して俺は芹沢へ帰る）

お糸の顔が浮かんだ。

（もう、お糸に会うこともあるまい。女が一人で生きて行くことは容易いことではない。流されてもよい。生きて行け）

空は雲一つ無く晴れ上り、強い日差しの日になった。重助は踵《きびす》を返し峠を去った。重助の心から京への憧れは既に消えていた。

この頃、近藤勇の差配で芹澤鴨の葬儀が盛大に行われていた。新撰組の隊士、それに所司代、会津藩より多数の人達が参列した。

芹澤又右衛門、助次郎も参列した。

二人が、心中どのような思いであったか、そのことも重助は知らない。

その日、重助の新撰組は終わった。

第二部　箱枕

一

地の底から躯を突き抜ける強い揺れを感じた。大地が呻いて震えた。道行く者達が立ち止まり、ある者は身を屈め地に伏せ、不安げに周りを見回した。路肩の老松が谷に滑り落ち土煙が上がった。大地は三度震え鎮まった。地の呻きは逃げて行く重助の心に、不安の影を落した。

午後、守山の宿を越えた頃、西の空に雲が湧いてきた。陽が陰り風が吹いてきた。重助は椚《くぬぎ》峠を下っていた。だらだら坂が気が遠くなるまで続いている。気は急いていたが足の指が疼いて、足をかばうあまり歩みは自ずと遅くなった。鈍《にび》色の雲が現れ重助を追ってきた。嵐の後の澄んだ青空は二日と持たなかった。だらだら坂の先が見えた辺りで俄に天がかき曇り、旅の者達が一斉に足を速め出した。鳥が騒ぎ虫の声が遠ざかり、雨の匂いがしてきた。

「長い道中です。急いてはなりませぬ。今は無事に芹沢に帰ることが役目ですぞ」

助次郎がそう言った。解ってはいても気は急いた。まだ恐怖心が残っている。迫って来るのは雨足だけでは無い。討手が迫って来るような気がした。暗い雲の中で雷鳴が轟いた。天を見上げた重助の顔に大粒の雨が落ちてきた。雨は次第に勢いを増し、坂の中程で土砂降りになった。或者は廃屋に逃げ込み、或者は崖の僅かな窪みに身を寄せ、他の者達は一斉に宿を目指して駆け出した。

その中に軽妙な走りで重助を追い越す者がいた。十間ほど走り抜けて、その者が振り向いた。

（ん、討手か）

男はゆっくりと近づいてきた。重助は刀に手をかけ身構えた。

「平間様ではございませぬか」

声の主は飛脚姿の辰蔵であった。

「おう、辰蔵さんか」

「平間様、もしや、手傷を負っているのでは、妙な足取りですが」

「案ずることはない。少々足の指が疼くだけだ。大事ない」

そうは言ったものの、足に力が入らない。たかが親指の傷で歩みが乱れるとは、思ってもみなかった。

「長旅にございやす。無理はいけませぬ」

「そちは江戸へ向かうのか」

「水戸表に向かいやす」

「大儀じゃのう。何か火急の用向きか」

「いいえ、いつものご用にございやす」

雨脚が強まり雨が道中笠に音を立てて跳ね返った。坂を下ってくる水が足が掬われるほどの濁流になって重助達を追い越し始めた。

「平間様、この先にお堂がありやす。しばし雨宿りをいたしやしょう」

雨が激しさを増した。雨煙に宿に続く道が霞んで見えなくなった。少し下った所で杉林の中に間道があった。辰蔵の後について重助は林に入った。突然、天が異様に光り地を裂くような雷鳴が轟いた。風が起き激しい雨になった。辰蔵の足は速い。重助は辰蔵の姿を見失わぬように必死に付いていった。暫く進むと朽ちかけたお堂があった。

「ところで道中変わった事はなかったか」

「へい、特に……ただ朝方、五条の橋桁に女の死骸が流れ着いておりやした」

「何、女の死骸だと」

（もしや、お糸では）

「女の腰に結んだ紐に、幼な子が繋がれておりやした。着物がはだけ、女は異様に白い肌をしておりやした。まだ新しい仏のようで、明け方に身を投げたに違いありゃんせん。あっしにも、嬶《かかあ》と子が一人おりやす。とても他人事とは思えず、一刻も早く郷に帰りたくなりやした」

（子連れか……お糸では無い）

重助は安堵した。雨は降り続いた。

「あそこで、そこもとに会わねば難儀をしたことであった」

「平間様、急いてはいけませぬ。常陸は遠うございやす」

「辰蔵さん、俺は追われる身だ」

「……………」

辰蔵は重助が置かれている立場を薄々知っているのか、目を逸《そ》らした。

「そうそう、このことは又右衛門様と助次郎様が話をしていた事でありやすが、水戸藩内に騒動の兆しがあると言っておりやした。密かに長州に与し、幕府に物申さんと何やら企てている者がおるそうで、その頭となるお方がつい最近まで京におったそうです。名は、確か藤田小四郎様とか申しておりやした」

「水戸藩の中に長州と気脈を通じている者がおると言うのか」

「あっしには、難しい政《まつりごと》のことは解りませんが助次郎様達も戸惑っておりやした」

長州の浪人共を敵として戦ってきた重助には信じられない話である。

「それで、その者はどうした」

「京にて密かに長州藩に接触し、かなりの軍資金を得たと言う話にございやした」

「何のための資金であろうか、何をするつもりであろうか」

「そのお方は江戸にてなにやら画策しているようで、国元で事件でも起こらねば良いが、と助次郎様が申しておりやした」

「国元が乱れては困る。いつもとばっちりを食うのは弱い者だ。民百姓だ」

「助次郎様はこのようにも申しておりやした。やがて藩内を二分する争いが起きるかも知れぬが、いずれにも与してはならぬ、巻き込まれれば芹澤も平間の家も無くなると」

「俺は追われる身だ。無用な争い事は避けねばならん。降りかかる火の粉は払わねばならんが、自ら争いは起こさぬ。どちらにも加担せぬわ」

「こうして街道を行き来しておりやすと、私のような者にも人の心が荒んできたことが解りやす。凶作の年が続きやした。百姓は苦しみ商人だけが潤っておりやす。御武家様にとっても住み難い世になってきたようでございやす」

「ああ、武士の世は終わるかもしれん」

重助は芹澤鴨がそう言ったことを思い出した。二刻ほどして雨は小降りになった。

「あっしは、先を急ぎやす。先にまいりやすが、平間様急いではなりませぬ。足が大分つらそうに見えやす」

だらだら坂がきつかった。それに雨に追われて無理をした。別れ際に辰蔵が言った。

「下諏訪の宿にあっしの仲間がおりやす。鍛治屋の早苗と聞けばわかりやす。何、早苗と言っても女じゃありゃんせん。不細工な大男ですが、律儀な奴であっしの名前を出していただければ、力になってくれるはずです」

「世話をかけたな」

「坂を下れば武佐宿がありやす。あっしはこれで」

小降りになった雨の中を、辰蔵は飛ぶように駆けて行った。間もなく雨は上がった。

一刻ほど下ると宿場の外れに着いた。少しでも早く、少しでも遠く京から離れたかったが、親指が疼いて思うように進めない。女子供にも追い越された。不本意ながら武佐宿に草鞋を脱ぐことにした。道は川となり収穫を終えた田畑は泥沼と化していた。

宿場外れの小さな旅籠に投宿した。

「お早いお着きで……それにしてもえろう降りやしたなあ。近頃お天道様の機嫌が悪うて、悪うて困ります。不作の上に地が動くとは禍々《まがまが》しい年にございます」

「酷い降りであった。おかげで足を痛めてしまった」

「それはそれは難儀でございましたなあ」

重助に続いて子連れの客が入ってきた。旅にしては支度が軽い。近在の者のようだ。雨宿りをしなかったのか、なぜか子供だけが濡れ鼠であった。妙な客だった。

山に囲まれた宿の夕暮れは早い。黒々とした稜線を残して青黒い空が薄墨色に変わって行く。重助は背の道中荷物の箱枕を取り出し、そっと匂いをかいでみた。いねの匂いがかすかに残っていた。

（本家様にはどのように申し上げたら良いのか、有り体に申しあげて良いのか、いや本家に災いが及んではならぬ。いねには何と言えば良いのか……生き残った己の不幸をいねも本家様も解ってくれるだろうか……今は何も考えまい。何があっても芹沢に帰り着かねばならぬ。継次殿との約束を果たさねばならぬ）

箱枕を前に重助は逡巡した。躯中の疲れが一気に出て、箱枕を抱いたまま重助は深い眠りに落ちた。

翌朝、空は晴れ上がった。番場宿を目指して宿を出た。一日の道程であるが思うように足が進まない。後ろから迫り来る足音が聞こえる度に重助は身構えた。後ろを振り返り、時には侍の集団を隠れてやり過ごし、街道を東へと向かった。幸い討手の影は無かった。今須宿を経て関ヶ原に着いた時右足が疼いてきた。岐阜加納宿を経て中津川に至るまで五日の道中となった。奈良井の宿にいたる頃に右足が重く痛み、足をかばうあまり腰まで痛みがきた。

峠で休む重助の前を伊勢詣でから国に戻るらしい楽しげな一行や、子連れの旅人が賑やかに通り過ぎて行った。空は高く澄みわたり街道の村々は不作の年とはいえ、実りの秋を迎え鎮守の森からは、祭りの太鼓が聞えてきた。枝いっぱいに実を付けた柿の木が陽に赤く輝く様に、芹沢の風景が浮んできた。重助は一日一日郷里が近づくことに安堵した。

明日は下諏訪の宿という日、思わぬ敵が現れた。突然石つぶてが重助を襲った。

（討手か、いやそうではない。新撰組はこんな仕掛けはしない。解らぬ……）

見えぬ敵は木立に隠れ、時には崖上の草むらから重助を狙って石つぶてを投げてきた。そのたびに重助は走り身を隠した。足どころか右半身に痛みを感じるようになっていた。

下諏訪の宿を前に重助の歩みは止まった。

二

「お侍さん、あっしに何か御用で」振り向くと戸口の鴨居に額を付け、目から下を覗かせて駕籠担ぎ姿の大男が戸口に立っている。

「辰蔵が言っていた平間様とはあんたかい」

背丈は六尺近い。日に焼け埃まみれの大男が鴨居を潜って近寄ってきた。躯から汗に混じって腐った堆肥の様な臭いが漂ってきた。

「ああ、いかにも平間だが、その方が早苗殿か。鍛冶屋の頭はそんな男は、この宿にはおらんと言ったが」

「ああ、此処では苗造という名だ。あっしがお尋ねの早苗だが辰蔵とはどんな仲かい」

「国元が同じでな。あんたのことは困った時に頼りになる男だ、と聞いていた」

「なるほど、それであっしを頼ったには、何事かあったのかい」

「実は前の宿で妙な輩に因縁を付けられ、そいつらに此処に来る途中、二度も石つぶてを食わされた。親指が膿んで思うように歩けぬのだ。そうでなければあんな輩、蹴散らしてやるのだが」

「石つぶてか、何があったのだい、事と次第によっては、力にならねえこともねえ」

「昨日の事だが、洗馬《せば》峠の地蔵塚で休んでいた俺の前を、老夫婦と親子の五人連れが通って行った。湯治の一家の楽しげな旅に見えたが、峠を下ったところで人だかりがあったので覗くと、年寄りの女の方が崖から落ちたらしく、通りすがりの者達が引き上げたところだった。見ると若い夫婦も子供の姿も何処にも見えぬ。その老夫婦が申すには、子供連れの夫婦に荷物を取られたと言うことだった。親切を装った盗人だという。

その後、三里ほど行った宿で呼び込みの声に釣られて茶屋に入った。先客で伊勢詣での帰りの一行が休んでいた。それぞれに麦湯などを飲んでいたところへ、子連れの客が入ってきた。連れの女の子はきりりとした顔立ちで可愛い子だった。一行の側に座った女の子を何処かで見たような気がしたが、盗人の親子ではなかった。そのうち一行の女共がその子に話しかけ菓子などを与えた。女の子は一行の前でしきりに愛嬌を振りまいていた。父親は知らん振りして白湯を飲んでいたが、次第に一行の側に近づいて行き、荷物の側に座った。一行の隙を探っているように見えた。

盗人だと俺は思った。その男が荷物に手をかけた時、俺は盗人だと叫んだ。男は小さな包みを奪い取り、立ちはだかった店の主を突き飛ばして裏口から逃げた。一行の男達が男を追って店の奥に走った隙に、女の子は素早く俺の前から走り出て姿をくらました。その素早いことと言ったら、女の子とはとても思えなかった」

「それは餓鬼を使っての置き引きだ。それに女の子とは限らねぇ。女の着物を着た男の餓鬼かも知れねえ。近頃、妙な奴らが街道に網を張り、盗みをはたらいてやがる。ずる賢い奴らで手口は巧妙だ」

「何も年寄りの荷物を掠め取ることはなかろうに。しかも崖に突き落としてまで、荷物を奪うとは、酷い奴らだ」

「あいつらは親子なんかじゃねぇ。親に捨てられた餓鬼が飯喰いたさに盗人の片棒を担いでいるのさ。奴らの稼ぎをあんたが邪魔した訳だ」

「可愛い女の子で、先の男の子も身なりはそれなりで、仲の良い親子連れに見えたがのう」

「それがあいつらの手だ。あいつらは一味だ。つい一月ほど前この宿でもあった。あいつらは宿場を渡り歩いて盗みをしてやがる」

「切り通しの崖の上から投げてきた石つぶては子供かのう、中には大きな石もあった。どうにか避ける事が出来たが、あれは確かに俺を狙って投げたものだ」

「餓鬼の仕業ではねぇ。奴らには仲間がいる。悪い奴は悪い奴でつるんでいる」

「あいつらにまた石を投げられないとも限らん、いつ何処から仕掛けてくるか解らん。右足が利かぬ故難儀している。どこぞ奴らの目に付かぬ所で、傷の手当てができる隠れ家はないか。それに医者もない。

　重助の右足は腫れ上がり、草鞋の紐が結べない。

「この宿に医者などおらん。いても中味の解らぬ薬などを煎じて金を取るだけだ。切り傷なら薬草があるが、膿んだ傷なら焼け火箸でもあてねばなるめえ。辰蔵の仲間なら捨てておけねぇが、俺もひとっ走り、上の宿まで行かねばなんねぇだ」

　鍛冶屋の手伝いの苗蔵は元は駕籠かきが生業だが、六尺近い先棒の相方は容易くは見つからない。駕籠かきは背丈がそろわねば乗ったものが難儀する。今日は久々に本業に有り付いた。力はあるが細かい細工は不得手らしく、親方にどつかれ嫌気がさしていたところに舞い込んだ、久々の仕事だと言った。

「何、辰蔵の仲間だと、お武家ではねぇか、本当に仲間かい」

　鍛冶屋の頭は疑いの目で重助を見た。

「辰蔵の知り合いの難儀を捨てておくわけにはいかねぇ。親方、そこを何とか」

「厄介事はいやだぜ。それにお武家とは関わり合いになりたくねえ。斬ったはったに巻き込まれるのは御免だぜ」

　頭はそう言いながらも裏の小屋を指さした。

　重助は馬小屋の干し草の中に躯を沈めた。足の付け根が痛い。熱も出てきたようで頭まで痛む。不覚を取った。たかが親指の傷一つ、焦りと後悔の気持ちが起こってきたが、どうにもならない。干し草の匂いが故郷の芹沢を思い出させた。京を立って八日目、長い道中になるかも知れぬ。そんな気がした。破れた壁板の隙間から山並が見えた。下諏訪の宿は秋の訪れに山の木々が競って錦秋の布を織りはじめていた。

「おい苗造、小刀の先を炙《あぶ》ってきな。それに杉乃屋の婆《ばばあ》からあまり布と酒をな、それからあの坊主から毒消しの薬を貰ってきな」

「親方、あの坊主の薬草なんか、効きやしねえ」

「おめえは言われたとおりにしろ。俺には関わりのねぇことだが、おめえの仲間の知り合いが、体中に毒が回って死んでもええのか」

「あの坊主の薬草は効かねぇと思うがよ」

「うるせえ、杉乃屋の婆が効くと言ってんだ。行くのか、行かねぇのか」

傷が膿み右足が腫れ上がり、痛がゆい感覚が息をする度に伝わってくる。心の蔵の動きと共にずきんずきん、と頭に響いてくる。

「お侍さん良いかい、膿みを出さねばやがて足を切るようになる。足が無ければ江戸へは行けめえ。その前に毒が体中に回って狂って死んじまう。腹を切るより痛くは無いぜ」

苗蔵が重助の足にまたがって太い腕で足首を押さえた。熱い鋭い石で皮膚をこする様な感覚と共に、すえた肉の燃える臭いがした。苗蔵の手が足首から親指に向かって溜まった血膿を搾り出している。痛がゆさに混じって、右足が引きつられるような痛みが伝わってきた。

「お侍さん、三日もすれば腫れが引く、十日もすれば歩けるだろう。沢の湯にでも浸かれば治りは早いがの。それはそうとして、此処にいるわけにもゆくめえ。苗蔵、杉乃屋の婆の所にでも、預かって貰ったらどうだ。お侍さんでも飯は食うべ」

「親方の言う通りだ。それに杉乃屋の婆は親方の昔のこれだ」

苗蔵が小指を突き出した。

「世話をかける」重助は掠れた声でそう言った。苗蔵が荷車を引いてきた。重助は数枚の銀を渡した。

「ちょっと待っとくれ。銭は受けとれねぇ」苗蔵は重助の手を振り払い押し返したが、思い直したのか二枚抜き取って両手を合わせ拝み懐にしまった。

「ところで、あの石つぶてだが仲間の話では、やはり餓鬼を使って盗みをはたらく奴らの仕業だ。奴らこの街道に根を張っている。しつこい奴らだ。虎太郎って奴が親分らしいが、話の着けようはあるぜ」

「この躯で襲われては何ともならん。打つ手はあるのか」

「蛇の道は蛇と言うじゃねえか、駕籠かきの中には雲助もいるぜ、そいつらにちょっと当たってみらあ」

宿場には大名が参勤交代の折、投宿する本陣、脇本陣から供侍諸藩の役付藩士が泊る、構えの大きな旅籠をはじめとして、諸国往来の武士や町人が利用する中小の旅籠があり、近在の富農が営む旅籠や飯盛り女を置いた飯盛旅籠もある。さらには道中の路銀に乏しい庶民が泊まる木賃宿まで、様々な宿がある。また旅人相手の茶店や物売り、怪しげな呼び込み女も宿に寄生している。

杉乃屋は自炊を旨とする木賃宿である。その裏手に粗末な小屋があった。六畳ほどの板の間に囲炉裏があり、広い土間に下働きの女達の勝手場と自炊のための竈《かまど》や水場があった。壁で仕切られた板の間の裏に八畳ほどの古着や汚れた布団を積み上げた納戸があった。かつては杉乃屋の婆と言われた女の寝間であったらしいが、鍛冶屋の頭の昔馴染みの女は、今や木賃宿の女将に納まり部屋は無人である。

水仕事奉公の女達が帰った後で竈の火は落ちていた。笹に包んだ強飯と欠けた茶碗一杯の白湯を置き、銀を納めた懐をぽんと叩き、もう一度不器用に両手を合わせ、苗蔵は戻っていった。重助は納戸の薄汚れた布団の山に寄りかかり、明かり取りの窓から暮れた空を見ていた。

青黒い澄み切った空に星が瞬き、秋風が熱した躯に心地よく流れた。虫の声が命の名残を競っている。重助は箱枕を胸に抱いた。いねの顔が浮かんできた。重助はいねを懐に抱き、深い眠りに落ちた。

夜も明けぬうちから、水を汲む音に混じって人の話し声が聞こえてきた。薪が燃える臭いとともに包丁の音が聞こえてきた。女達の声に混じって一際甲高い笑い声が聞こえた。宿場の朝は早い。一時の喧噪が去るまで重助はまどろんでいた。喧噪が去って暫くして板戸を叩く者がいた。

「苗造殿か」答えがない。開いた板戸から女の手が伸び盆に盛った飯が差し出された。女は黙って逃げるように去っていった。腹はへっているものの、熱に冒された躯は素直に飯を受け付けなかった。躯を動かす度にずきんずきん、という痛みが全身に伝った。

「旦那、平間の旦那、あっしです。入りますが宜しがんすか」

「おお、苗蔵殿か、どうした」

「いやね、女がお侍が刀を抜いて構えていると言うんでね」

「そんなことはない。俺は刀を抱いて寝ていただけだ」

「そんなことだと思いやしたよ。おい、そこの女、滅多なことを言うもんじゃねぇよ。この旦那は俺の知り合いだ」

女が低い声で何やら愚図ぐずと言った。その声に続いて甲高い笑い声がした。何処かで聞いたような気になる声だった。

「ところで旦那、あの石つぶての野郎ら話が着くことは着きやすが……ちょっと」

「銭がかかると言うことだな。それもやむ得まい」

「………」

「おい、麦湯を頼む」苗蔵が言った。

がっちりとした二本の腕が伸びてきて茶碗が差し出された。女がちらりと重助を見た。

「あれー。お侍さん、あの焚き火の旦那じゃありませんか」

「ん……そう言うお前は、あの弁天様か」

「いやだねえ、弁天様だなんてやだねえ」

「おめえ、旦那の知り合いかい。それにしても弁天様とは、えへへ……」

苗蔵に劣らず横幅の太い女が、苗蔵の腕をぴしゃりと叩いた。

妙な巡り合わせであった。焚き火の夜の戯れ事と思っていたが、りくは下諏訪の宿に居着いていた。

「わたしゃ、つまらん女ですが托玄はそれは義理堅い男でさ、旦那の恩は忘れていませんよ」

「何、托玄だと」重助と苗蔵が同時に言った。「托玄がこの宿場にいるのか」

「あの野郎、何で旦那を知ってんだよ」

「苗蔵、あんたが口を挟むと話がややこしくなる。その臭え口を噤《つぐ》んでくれよ」

「おめえの男の糞坊主は、薬師だなどとほざいているが、薬が効いたなんぞ言う者は誰もいねえ。馬にも効かねえ」

「苗蔵よ、男の焼き餅ほど見ぐせえものは無え。旦那、托玄の出自は歴とした医者の家で、あの人は親の仕事を手伝いながら薬草の煎じ方を覚えたのさ。杉乃屋の女将さんだって托玄の薬草は効くって言ってるよ」

仮病を巧みに演じこの宿場に残った托玄がどのように暮らしてきたか知らぬが、あの坊主頭に薬師の覚えがあったとは、重助には驚きであった。

下駄の音を響かせて騒がしく坊主頭が駆けてきた。駆ける度に跳ね上げた藤色の着物の裾や袖口から、真っ赤な襦袢がちらりと見える。むき身の卵のような頭が光っている。まるで田舎芝居の役者の様だ。その後をりくが図体を左右に揺らして付いて来た。

（托玄だ）

「平間さん、どうしなすった。まさか貴公がこの宿にいるとは、てっきり京にいる、と思っておりました。子細はりくから聞き申した。それにしても難儀をしましたな」

「火急の用にて水戸表に向かう途中でな。不覚にも足を痛めてしまった」

「儂にも怪我の治療なら、少しは覚えがあります。どれ、親指がまだ膿んでおります。火箸を当てたのは良うござったが、後の手当がいけませぬ。傷は痛みますか」

「ああ、躯を動かす度にずきんずきん、と痛む」

「股の付け根にしこりはござるか」

「ああ」

「躯が毒と戦っております。もう一度火箸を当てねばなりませぬが、儂に任せてくれませぬか。なに、たいした傷ではござらん」

「急ぎ国元に帰らねばならんのだが、不覚を取った」

「焦ってはなりませぬぞ。今は傷を治すことだけに心を傾けねばなりませぬぞ」

「面倒をかけるの」

「なに、私はあの時の恩は忘れておりませぬ。ところであの苗蔵とはどんな経緯で」

「国元が同じ飛脚の仲間でな」

「ほう、知り合いの仲間でござったか。あのうすのろ、駕籠かきですが何せ六尺近い男でござれば相方が見つかりませぬ。干されておりましたところをりくの親父の口利きで今の頭に救われたと言うわけで、りくには頭が上がりませぬ。馬鹿力はありますが知恵が回らぬ男です」

「前の宿場で盗人から因縁を付けられて石つぶてを投げられた。あの男に会えねば更に難儀をしたところだ」

「何処の宿にも悪い奴がおります。女子供や年寄りを脅しては銭や荷物を盗みます。駕籠屋の中にも雲助がおります。あいつは知恵が回らない分、善人なのかも知れませぬが、ほどほどに頼るのが肝心かと……」

　托玄と苗蔵は気が合わぬらしい。托玄の薬草が効いたのか、三日の後に股のしこりは消えた。重助は托玄が引く荷車に横臥し、その後ろを少し離れてりくがついてきた。

　杉乃屋の裏手の畔道を細い川に沿って南に一町ほど進み、山裾の上り坂に沿って進むと、程なく視界が開け、木立の間から湖が見えてきた。荷車の後を押していたりくが、諏訪の大湖だと教えてくれた。緩やかな斜面が湖に向かって続き、中程に森があって集落が見える。丸太にかけた稲が黄金色の帯になって光っている。後は一面の芒の原である。

「旦那、何も遠慮はいりませんよ。そりゃ、お屋敷とは言えませんが雨風は十分にしのげます。あたしが旦那の面倒を見させていただきます。何と言っても旦那はうちの人の恩人ですから」りくが言った。

「ほんに短い付き合いであったのに済まぬなあ」

「近くの沢に湯が出ております。切り傷や吹き出物によく効きます。傷が塞がったら湯に浸かって治療することですな」

「雨風はしのげますが、只ちょっと」

「……」

「りくの親父がおりましてな、昼はお天道様が怖い、とか申して祠《ほこら》に籠もっておりますが月が昇る頃に目覚めて、やれ飯だ酒だ女だと騒ぎます。腕の良い鍛冶職人でありましたが春先に倒れまして両足が利きませぬ。それに近頃惚けてきて、昼と夜の区別が付きませぬ。正気の時もありますが夜中に狂ったように叫びます。飯を食っても食っても、すぐに忘れてしまいます。不憫な親でありますが、りくの親は儂の親でもあります」

「俺も郷《さと》でそんな年寄りを見たことがある。正気で朽ちてゆく己を見ているより、狂った方が楽かも知れん」

「近頃盛んに昔の女の話などまくしたてます。聴いていようがいまいがお構いなしで、下卑た話をしては、一人で喜んでおります。りくが娘だということすら忘れています」

「俺は人を斬った晩、狂ったように酒を呑み女にからみつく侍を目にしてきた。何処までが正気なのか、その者の本性なのか解らん時があった。親御の日々は夢の中にある。夢が枯れるまで面倒見てやらねばのう」

　上り坂が終わり道幅が広がった所に馬頭観音塚があった。托玄の話によれば、沢の湯は傷ついた馬も入るという。その先の坂を上るとりくの親御の家があるらしい。りくの息が切れている。托玄は荷車を引く手を休めた。

山側の雑木林から野鳥の声が聞こえてきた。藤色の着物を脱いだ托玄の赤い襦袢が汗で濡れている。この辺りはかつて寺があったらしく、藪の中に朽ち果てた粗末な墓石が見えた。托玄が言うことには、年季も明けずに病死した飯盛り女の墓らしく、極く短い戒名と何れも二十歳に至らぬ享年が、哀れな生涯を物語っていた。重助は静かに手を合わせた。

りくの息が鎮まるのを待って、更に上り坂に向かった。坂にさしかかった時、何かが立木に弾け乾いた音がした。更に風切り音に続いて荷車の腰のあたりで、硬い音がして石が弾けた。（石つぶてだ）

重助は荷車の上で躯を起した。また石が木に弾ける音に続いて、りくの悲鳴が上がった。托玄の荷車を引く手が疎かになった。荷車は坂を滑りだし蹲るりくの側をすり抜け、路肩の立木にぶつかり横転した。重助は路肩に投げ出されたが、素早く荷車の陰に身を隠した。托玄は倒れたりくを立木の陰に隠し、手当たり次第に石を投げ返した。石は雑木の幹に跳ねて藪に落ちた。相手の姿は見えない。暫く藪の中を睨んでいたが、その後石つぶては飛んでこなかった。

「何としつこい奴らだ」

「苗蔵の奴め、話は着けると言ったがあてにならねえ。あいつは全く役にたたねえ」

托玄がまた石を拾って藪に投げた。

りくの親御の家は山の中腹に崖を背負って建っていた。道を挟んで小さな平地があり、木立越しに湖が見えた。薪が家の二方を囲み、板張りの屋根には雪止めの長柄が取り付けられ、朽ちかけた煙抜きの小屋根が見えた。

土間に続いて馬小屋らしき一角の丸太の格子が目に付いた。その前に四畳ほどの板の間があり、他には八畳ほどの囲炉裏を切った板の間があった。りくが杉乃屋から運んだ布団を四畳の板の間に運び入れ、重助の寝間が出来上がった。明かり取りの突き出し窓を開けると、湖面を渡り丘を昇ってきた涼風が、重助の躯を吹き抜けた。囲炉裏から大蒜《にんにく》が焼ける臭いがした。托玄が何やら煎じた名残らしい。托玄とりくが宿に戻って行った。まだ足の傷が疼いている。重助は横になった。

「おめえ、誰だ、誰だおめえは……」

何処からか、しきりに話しかけてくる声がした。躯を起すと格子から首を出して、ざんばら髪の老人が重助を睨んでいる。膝行《いざ》りの様に橇《そり》に乗った老人が、りくの親御らしい。

「拙者は托玄の知り合いで、平間と申す」

「坊主の達《たつ》が、なぜ侍の姿をしてんだ。それにおめえ、なぜ牢に入ってる」

「牢に……」そうか、格子の中にいるのは老人だが、老人から見れば格子の中にいるのは重助である。

「わっしゃ侍が嫌いだ。出て行きな。おっと、その前に喰う物をおいて行きな。わっしゃ何日も喰うてねえ」

「親御、間もなく托玄も戻ってくる。暫く待たれよ」

「おめえ、酒は持ってねえか」

「俺は酒は呑まぬ」

「おめえでねえ、おらが呑むだ。間もなく朝になるだ。おめえ、ひとっ走り宿へ行って酒買って来い。ついでに女もなあ。ところでおめえは誰だ。ああ、そうだったな坂下の鳶吉だったたな。おめえ、何で侍の格好なんぞしちょる」

気が触れてるとは聞いていたが、とりつく島がない程、りくの親御は話しかけてくる。重助はうわの空で相づちを打ちながら、煤けた小屋裏を眺めていた。

どすん、と言う鈍い音に続いて屋根を物が転げ落ちる音がした。何かが屋根を突き抜け源爺の躯を掠め足下に落下し橇を直撃した。

「ひゃー、うわーうわー」源爺が橇から投げ出され悲鳴を上げた。人の頭程の石が屋根を突き抜け落ちていた。ばしばし、と音を立て石のつぶてが板張りの外壁に当たり、三個ほどが明かり取りから板の間に落ちてきた。

托玄が板戸を開け走り出たが、石つぶてを受け土間に転がりこんできた。再び鈍い音がして石が屋根を転がり、雪止めの丸太を飛び越え小屋の外に落ちた。

「ひゃーわわわー」源爺が奇声を上げ藁の中に潜り込んだ。「爺さま怪我はねえか」りくが声をかけたが、源爺は藁を手当たり次第にまき散らし檻の中を転げ回った。

(……奴らだ)重助が明かり取りの窓から外を窺うと、狙いすました様に石つぶてが飛んできて、壁に当り板の間に転がった。

托玄が杓棒を手に戸外に飛び出た。重助も必死で続いた。また石つぶてが飛んできて、托玄の足に当たった。軒下に積み上げた柴木を盾に芒の原に目を凝《こ》らしたが、人影はおろか何かが動く気配すらしない。道にも人影は無い。

托玄が石を裏山の崖に投げ入れたが、石は空しく闇に消えた。暫く動きを探ったが人の動く気配が無い。僅かな風に芒がそよぎ、竹の葉が擦り合う音が闇の中に聞こえた。

「奴らめ、このままでは済まぬぞ」

托玄が膝をさすっている。

「托玄、怪我は無いか」

「なあに、かすり傷ですよ。あの駕籠かきの野郎、話を着けるなどと、ほざきやがってとんでもねえ」二人が小屋に戻りかけたとき木が焦げる臭いに混じって、小枝が弾ける音がした。「ひゃーあんた火が、火が」りくの悲鳴が聞こえた。小屋の裏手に立てかけた柴木から煙が上り、火が見える。二人は柴木を蹴散らし懸命に火を消した。二人を目がけてまた石つぶてが飛んできた。

「竹林の中だ。もう許しちゃおけねえ」

托玄が竹林に向かって薪を投げ返した。薪は竹に当たって、乾いた音を残して闇に消えた。石は三方から投げ込まれたらしい。それに竹林の中から松明が投げ込まれた。敵は少なくても五、六人はいるらしい。

（子供の仕業ではあるまい。小屋が燃やされては托玄にも、りくにも申し訳がたたぬ。それに、これから度たび狙われては難儀する。此処は決着を付けねばなるまい）

源爺は藁の中で手に持った馬具を、狂ったように振り回している。

「爺様大丈夫か、りく、爺様を見てやれ」

「誰もおいらに近づくでねえ、この野伏せりめ」りくが宥《なだ》めても源爺は狂ったように、檻の中を転げ回っていたが、やがて疲れて藁の中にへたり込んだ。

「苗蔵、おぬしは全く役にたたん。危うく小屋を燃やされるところであった。その虎太郎とか言う奴の手下共、このままでは捨て置かぬ」

「何を抜かす。偽《にせ》薬師の糞坊主、あっしはきっちりと話は通した。何かの手違いだ」

「雲助にかい。当てになるものか」

「何をぬかすか、よそ者め」

「二人とも一寸待ってくれ。話は着けたが、相手は合点がいかぬ、と言うことだ。此処は受けて立つほかあるまい」

重助は二人の間に割って入った。

「旦那、糞坊主にそこまで言われては、あっしは引っ込む訳にはいかねえ」

「托玄、相手は多勢だ。油断はならん」

「苗蔵、おめえは頭の所から猪の仕掛けをありったけ借りてこい。猪でも熊でもいい。ありったけ借りてこい」

「そんなもの、どうするだ」

「つべこべいわずに借りてこい」

「苗蔵、宿場からの道は他にあるのかい」

「宿場の東の外れから山寺に昇る細い道がある。土地の者しか知らねえ道だ。あっしは何度か通ったことがある」

苗蔵はそう言って崖に登って行った。

「前の林と崖上、それから左手の竹林から奴らは石つぶてを投げてきた。前方は平間さん、火の手の用心はあの苗蔵に任せて、儂はがけの上で奴らの動きを探り迎え撃つ。奴らが来たら竹を打って知らせます」

「托玄、先手を打つ方法はないか」

「なに、罠を仕掛けます。獣取りの罠を、竹林には縄を巡らし鳴子を仕掛けます」

托玄が六尺あまりの杓棒の先をひねった。中から六寸ばかりの槍先が出てきた。托玄は短槍の使い手だった。裏道を探りに行った苗蔵が戻ってきた。

「思った通りだ。奴らは寺の裏から獣道を来やがった。道は竹藪の裏に繋がっているぜ。奴らがあの道を来るとすれば崖の上からよく見えるぜ」

托玄と苗蔵はその日の大半を仕掛けと工夫に費やした。托玄は青竹の先を鋭く研ぎ、束ねて数カ所に隠しおいた。苗蔵は鳶口を腰紐に差し長さ一間半ほどの丸太を、軽々と振り回して見せた。

陽が落ちると三人は持ち場に付いた。源爺がまた騒ぎ出し、宥めるりくの声がひとしきり続いた。月が昇り、辺りの景色が青黒い影絵になった。一刻ほどして崖上の托玄が竹の棒を二つ叩き芒の原を指さした。続いて竹の音が四つして托玄が小屋の裏を指さした。

（二人が芒の原から、四人が裏から来ると言うことだな）

「苗蔵さんよ、奴らは六人だ。前から二人後ろの山から四人だ。奴らの正体が解るまで動いてはならん。十分に引きつけて一気に戦う。石つぶてが飛んできたら方向を見極めて薪を投げまくれ。小屋に火が付きそうになったら大声を上げてくれ」

「がってんだ。奴らたたきのめしてやる」

重助は軒下の闇に隠れ芒の原に目を凝らした。まだ足の指が疼く。月明かりに早熟の芒の白い穂が光って僅かに揺れている。揺れる穂先が月明かりに銀色に輝いている。

立木の中から二本の松明《たいまつ》が見え隠れしながら近づいてきた。前の松明が十間ほどに迫った時、重助は軒下の闇から静かに前に進み出た。重助の姿に松明の火が止まった。重助は杖を投げた。杖は前の松明を飛び越え後ろに飛んで行った。

「ぎゃー」と鋭い声がして後ろの松明が宙を舞った。一瞬立ち止まった前の松明が更に前に進み出た。重助は薪を前の松明目がけて放った。後ろの松明の火が落ちた辺りで火の手が上がった。火の中に林に向かって逃げてゆく黒い影が見えた。放った薪に僅かな手応えがあった。前の松明が円を描き重助の目の前に落ちた。黒い影が進み出た。松明の明かりの中に渡世人ふうの男の姿が浮び上がった。男は腰のものを抜き重助めがけて突進してきた。重助も鞘を払い前に走り出た。

間合いが一間半ほどに迫った時、男が飛び上がるように斬りかかってきた。重助はすれ違いざまに胴を払った。刃の先が男の躯に食い込む手応えを感じたが、そのまま走り抜けた。男は前のめりに道に転がった。重助の剣は男の左太股を斬り抜いていた。男は訳の解らぬ声を挙げた。重助は男に迫った。男は転げ回り、刀を振り回し、手当たり次第に草や石を投げた。重助が男の剣を払った。男は足を引きずり芒の原に転がり込んだ。追う重助の剣が男の肩を斬った。男は炎の中に突っ伏し動かなくなった。

崖の上では托玄の動きが急になった。石つぶてが崖を越え重助の足下に落ちてきた。

「あーあーこの野郎」

小屋の裏手で男の叫ぶ声に続き草むらを転がり落ちる音がした。崖の上から托玄が竹槍を放っている。石のつぶてが屋根に落ち転がる音がした。小屋の中から逃げまどう源爺の叫び声がした。

重助は小屋の前にとって返した。芒の原が燃え上がり黒い小屋が浮かび上がった。りくが小屋から走り出てきた。丸太を抱えた苗蔵が柴木の陰から飛び出した。

「苗蔵、火を消せ」りくが叫んだ。苗蔵は芒の原に向かって突進した。りくが長柄を持って苗蔵の後に続いた。托玄が叫び声のする方行に向かって竹槍を放っている。重助は小屋の横手で竹林を見据えている。まだ竹林の中には動きがない。

「きゃー、わーわー」子供の様な声がして裏の崖を人が滑り落ちる音がした。

源爺の叫び声に混じって子供の泣き声が聞えてきた。托玄が崖上から走り降りてきた。

「一人は崖から落ちた。二人は罠に足を取られて転がっております。もう一人の姿が見えませぬ」

その時竹林で鳴子が鳴って茂みが動いた。托玄が薪を投げ入れた。程なく竹林の外れから男が出てきた。托玄が竹槍を投げたが男は手に持った薪で竹槍をはね除けた。

重助は両手を広げ男の前に立ちはだかった。

芒の原の火の勢いが衰え薄墨色の月明かりに戻った。男は月を背負った重助の黒い影に向かって間合いを詰めてきた。男は刀を腰だめに低く構え重助との間合いを詰めてくる。

重助の脳裏に鴨川での斬り合いの記憶が蘇った。重助は刃先を僅かに横に寝かせ腰を落として低く構えた。あの時の土方歳三の構えと太刀さばきが浮かんだ。

托玄が仕込み槍の穂先を下げ、男に向かって間合いを詰めてゆく。鎖に繋がった筒先が次第に分銅のように円を描いている。托玄の技に浪人風の男が戸惑いを見せた。男は竹林を背にし機をうかがっている。戻ってきた苗蔵が丸太を振り上げ囲みに加わった。

「苗蔵、仕掛けるでない。おぬしにはかなわん相手だ」重助は苗蔵を制した。その言葉が苗蔵の心に火を付けた。苗蔵が丸太を振り上げその男に襲いかかった。丸太が音を立てて地面を打った。男は丸太をかわし重助に向かって鞘を払った。重助の剣がかろうじて受け止めた。強い一撃が腕に伝わった。次に男は刀を肩に構え進み出た。托玄が鋭い気合いを放って男を牽制した。男が托玄を振り返り躯を返した時、重助の左が鋭く伸び刀が男の膝裏を突いた。男の刀が重助の躯をかすめ地面を斬った。男はよろめきながら構えを取った。男の左腕を托玄の槍先が跳ね上げ、返す槍先が男の首にめり込んだ。托玄は槍先に力を込め男を押し捲った。男の刀が二度空を斬った。男はそのまま竹林の崖に押し倒された。どす黒い血が首から噴き出た。

芒の原の火は消えていた。林の中にも人影はない。坂道に目をやると半町先ほどを走り去る影が見えた。苗蔵が鳶口を手に追っていった。坂の途中で二つの影は闇にのみ込まれ見えなくなった。

崖に続く道を上ってゆくと茂みの中でうめき声がした。縦縞の着流しの若い男が足首を罠に取られ外そうと藻掻いている。

（あの男だ。老婆を崖に落としたあの親子連れの片割れだ）

男は藻掻いているが罠は外れない。足首が血に染まっている。男は二人に気付き懐から匕首を取り出し、振り回した。

托玄の鋭い槍の先が男の躯に刺し込まれた。低いうめき声と供に男の躯が海老の様に丸まって痙攣した。

罠に結ばれた鎖が沢に向かって伸びその先に宙づりになった男の姿が見えた。罠に繋がれた逆さ吊りの片足が夜目に青白く映った。

りくが放心したように土間にへたり込んでいる。着物の裾が焼け、手足は煤だらけである。僅かな野火であっても風でも吹けば小屋はたちまち火に包まれる。火の怖さを知っているりくは機敏に動いた。源爺は藁の中で屋根にあいた穴に向かって、訳の解らぬ言葉で吠え続けている。

重助は刀を鞘に納めた。一太刀を受け止めた刀に刃こぼれの後が僅かにみとめられた。

表で子供の泣き声がした。托玄の怒鳴り声に続いて襟首を捕まえられ引きずられて子供が土間に転がった。女の子のようである。托玄がその子の尻を蹴った。女の子は土間に転がった。捲れ上がった着物の下から褌を締めた小さな尻が見えた。一瞬重助は目を疑った。

「平間さん、足の速い女の子というのはこいつですか、こいつは男でござんす」

「ああ、そう言えばあの時の……」

「盗人の手下に違いありやんせん。こいつが石を投げたところを見やした。それにしてもこんな餓鬼まで使うとは、これ、お前の頭は誰だ」

子供は蹲って答えない。托玄が竹の棒で子供の尻を殴った。子供は跳ね起き、りくにしがみついて泣き出した。顔は土にまみれ手足には無数の切り傷がある。

「あんた、叩くのはやめな。まだ子供じゃないか、可愛そうだよ」

「子供でも盗人は盗人だ」托玄がりくの手から子供を引き離し丸太の柵に縛り付けた。子供は泣きじゃくりやがて眠ってしまった。

苗蔵が戻ってきた。宿場まで追って行ったらしい。「与一と言う餓鬼で宿の残飯をあさっている野郎だった。とっ捕まえ二発かまして川の中に突き落としてやった。ぎゃあぎゃあー騒いでいたがそのまま見捨ててきた。なあに、溺れるほどの深さはねえ。これに懲りてもう悪さはしねえだろう」

「苗蔵、それよりも虎太郎とか言う元締めとしっかり話を着けねばなんめえ。これ以上石のつぶてを貰っては爺様が怯える。それに火でも付けられては困る」りくが言った。

「そうだ話を着けねばならん。平間さん、此処は儂と苗蔵に任せて欲しい」

「いや、このことは元はと言えば、俺の不覚から出たことだ。俺が出向く」

「なに、盗人が悪い。見て見ぬふりをできぬ時もある。今となっては儂の戦いだ」

托玄が言った。

突然、源爺が馬具を振り回しわめいた。

「殺せ殺せ、奴らを殺せ……」

夜半に、その日の戦の始末は終わった。源爺も柵に繋がれた子供も疲れ果てたのか寝入ってしまった。重助は箱枕を引き寄せそっと抱いてみた。いねの匂いがまだ残っていた。目を閉じても躯が火照り、頭が冴えて眠りに着けない。人を殺めた感覚がまだ腕に残っている。

小屋の奥からすすり泣くような女の声が聞こえてきた。りくの声だ。板屏風の向こうに赤い襦袢を着た托玄の上半身が前後にうごめいている。太く白い二の腕が赤い襦袢の袖をしっかりと握っている。りくの声が次第に高まり、獣の様な声を発して托玄の姿が板屏風の向こうに沈んだ。

「早く郷へ帰りませ……」

お糸の声が聞こえてきた。芹沢の風景が浮かんで、直にその風景が壬生の京菜の畑に変わった。霧の向こうに島原の大門の提灯が、ゆらゆらといつまでも揺れていた。

三日後、苗蔵が来た。「虎太郎とか言う元締めと話が着いた。そんな奴らは知らん、と言っていたが信じられねえ」

「苗蔵さん、話はしかと詰めねばなるまい。それにあの子供のこともな。りくも源爺も気に入ってしまって、あの通りじゃ」

馬屋の檻の中に女の姿形の男の子と源爺が座っている。源爺はしきりにその男の子の頭や肩をなでている。

「あの色ぼけ爺、女だと思ってやらあ」

「あの餓鬼、りくに懐いてなあ。りくが手元に置きたいと言っている」

「だまされてはならねえ。あいつは生まれつきの悪だ。だまされてはならねえ」

「托玄もりくにはかなわぬ。それゆえ話をしかと着けねばなるまい。苗蔵さんよ、此処はもう一肌脱いでくれ」

「わっしゃ、どうなっても知らねえぞ」

元締めの虎太郎は宿の一膳飯屋にいた。若い色白の優男《やさおとこ》だった。店の主は奴の手下らしく手元に包丁を隠し油断のない目配りで重助達を見た。虎太郎に寄り添って若い女がいた。

(あの女だ。街道で夫婦を装った片割れだ)

女は重助に気づかない。時おり投げかける妙な目は、島原でよく見かけた男に慣れきった女の目だった。

「お侍さん、何かの間違いでは、おいらけちな盗人など心当たりが有りやんせん。ましてお侍さんに石つぶてを投げるなんて、そんな無鉄砲な、そんな野郎達は知りやんせん。そんな奴らは勝手に成敗してくださいな」

女の様なねちねちした言いぐさである。

「ところで、子供を一人もらい受けたい」

「手下には子供などおりやんせん」

「女のように可愛い男の子でなあ」

虎太郎に寄り添っていた女が男の袖を引いた。女が重助の方に向き直って言った。

「その子ならあたしが死にかけたところを助けた子供ですよ。お侍さん、おまんま喰わせて着物着せて、元手がかかっておるんですよ。」

重助が紙に包んだ銀を取り出し虎太郎の前に置いた。女は素早く包みを開き虎太郎に見せた。虎太郎がちらっと中を見た。

「お侍さん、おいら親の遺言で坊主とお侍さんには、逆らわねえことにしておりやす。どうぞお好きなように」

そう言って素早く銀を懐に入れた。

「これ以上狼藉はせぬようにな。俺はこれより江戸に向かい、浪士隊を引き連れ再び京に戻る途中だ。直に戻って来るが、お主らが約定を違えれば、百名の浪士隊がお主らと戦う事になる。しかと心せいよ」

重助はそう言い放った。

「怖え怖え、侍れぇは怖え……」

虎太郎はそう言って、女をせき立て出て行った。

苗蔵は確かに盗人の頭に話は着けた。しかし頭の所にたどり着くまでには、何人もの伝手を頼った。その分、頭に届いた銀の数は減った。それに盗人はまだまだ重助から脅しとれると思い托玄とりくの小屋を襲った。しかし、重助達の反撃に当てが外れた。盗人ながら引け時と見極め、手打ちに応じたと言うのが、本当のところだと重助は思った。

帰り道、また坂を上った。馬頭観音塚の前で立ち止まり重助は木立越しに湖を見た。晴れ上がった空に、真綿を引いたような白い雲が走り大湖が銀鱗のように光り輝いていた。

「平間さん、また浪士隊を引き連れて京に上るのですか」

「いや、あれは方便だ。俺は理由《わけ》あって郷に戻る。二度と京に戻ることはあるまい」

「浪士隊が下諏訪の宿を発って、一月も経った頃でしょうか、清河一派が江戸に向かって急ぎ宿を抜けて行きました。京で何があったのですか」

「奴らとは袂を分った。大義についての考が異なったのだ。我々は新しい武士団を作った。多くの者は命を賭けて戦うだろう。しかし俺は理由あって進むべき道を変えた。俺には、俺しか解らぬ役目がある。京での役目は終わった」

「平間さん、これからも武士の生き方を貫くのですか」

「それは解らん。やがて武士の世は終る。それもそう遠い日ではないようだ。さりとて、どう生きて行けば良いのか解らぬ。俺は不器用な男だからな」

「武士ほど窮屈なものはありませぬ。民百姓は、己と家族の為だけに生きております」

「俺は生まれてこの方、己の境遇に何の疑いも持たず生きて来た……」

「儂は薬師の家に生まれましたが、その暮らしに馴染めず武士になろうとしました。しかし武士にはなれませんでした。仏門にも入りましたが、僧侶にもなれませんでした。そのために費やした日々を、空しく思うことがあります。今は武士も僧侶も捨てました。此の地でりくとともに生きていきます」

「俺には妻や子がいる。守るべき家と郎党がいる。だから迷っておる」

「守るべきものができた時、人は強くなります。それは主家でもなければ、身分でもないような気がします」

「托玄、そちは下諏訪の土となるのか」

「家は疾うに捨てました。親にも見捨てられ帰るところはありませぬ。家のしがらみもたち切りました。職人の世界に生きてきた昔の源爺の様に、薬師となって暮らして行ければと思います」

「托玄、盗人とはいえ、人を斬ることは辛いのう。善をなしたとはいえ、心が痛む」

「平間さん、僧侶になれなかった儂の言うことではないが、心の内に仏を持ちなされ。すがるものが無ければ人は流され、己を見失います」

「……足の傷も癒えた故、そろそろ常陸へ向かわねばと思う……」

「引き留めはいたしませぬ。人それぞれに定めがあります」

托玄はそう言って涼しい目で重助を見た。

京を出て優に二十日を超えていた。十月も半ばに近づき野山が秋色に染まり冬の厳しい此の地では、日毎に朝夕の寒さが増してきた。百姓は背中を押されるように忙しげに野良仕事に精を出していた。雪が降り湖も凍るという此の地で、托玄とりくはどんな暮らしをしていくのだろうか、短い秋の陽が二人の小屋の板壁に深い陰影を落としていた。

朝靄の中を重助は旅立った。馬頭観音塚のところで振り返ると、坂の上に托玄と子供の手を引いたりくの姿が見えた。踵を返し重助は一気に坂を下った。

下諏訪を出て八日目、本庄の宿を通った。宿は忙しげに行き交う旅人で賑わっていた。焚き火の夜の記憶が蘇った。澄み切った寒空に星が流れ、天を焦がした情念の炎の中に、己の至命に命を賭けると、思い詰めた継次の顔が浮かんで刹那に消えた。様々な思いを振り切って重助は芹沢へと道中を急いだ。

三

潮来の宿は大湖の畔にあって、相変わらず行き交う水上交通の要所としての賑わいを見せていた。芹沢村は湖を渡った北にある。かつて来た道を湖に沿って北へ向かった。

畔道を蜻蛉《かげろう》が飛び交い陽が西に傾きかけ、辺りが黄金色に輝きかけるころ、湖の北の入り江に着いた。湖を渡る風に湖面が波立ち水辺の葦がそよぎ、昔と変わらぬ郷の情景であった。重助は湖面に石を投げた。石は五度飛び跳ね、風に踊る波の間に消えた。久衛門の顔が浮かんだ。重助は再び湖面に石を投げた。石は三度飛んで波間に消えた。

色づいた筑波の峰に影が走り、風が重助の着物の裾を走り抜けた。更に北へ進み屋敷が見える丘に着いた。

色づいた銀杏の大木が夕陽に輝いていた。

日暮れと供に芹澤の本家に着いた。長屋門を通り抜けると郎党頭の忠次が飛んできた。

忠次も祖父の代より芹澤家に仕え、今でも芹澤家の田畑山林の管理を任され、下男下女達の差配にあたっている。農事に明るく平間家の者にとっても頼りになる男である。間もなく、齢五十の坂に手が届く忠次は暫く見ぬ間にすっかり老け込み、白髪が一段と増していた。

「重助殿、長旅さぞ疲れたことだろう。いね殿が身が細る程、いたく案じておったぞ。京で戦があったそうで、ご苦労でござった」

「当主様にお目にかからなければなりませぬ。当主様はご健勝でござるか」

「重助殿はご存じでなかったか、当主様は病が重く臥せっておる。明日をも知れぬ命でござる」

「それは知らなんだ。ところで兵部様はご在宅で……」

「水戸城下に寄り合いがあると出かけたが、間もなく戻られる筈だ」

「忠次殿には、いねや久衛門がたいそう世話になり申した」

「まあ、まずは離れに落ち着きなされ。いね殿には儂が知らせてまいる。当主様がこの夏倒れて、奥様は看病に忙殺されておる。今はいね殿に勝手元を仕切っていただいておる。二十日ほど前、助次郎様の使いの辰蔵という飛脚がまいった。その日以来、いね殿の顔色が優れぬ。もしやお二人の身に何かあったのではないか、と安じておったぞ」

屋敷の西の奥に隠居所がある。質素な構えの庵があって隠居をした当主の住まいと定めていたが、今はいねと久衛門が住んでいる。秋の陽が屋敷林の裏に落ち、空が青黒さを増してきた。忠次が母屋に向かって間もなく、久衛門が駆けてきた。久衛門は日に焼け躯は一回り大きくなっていた。

「父上、お役目ご苦労様にございます」

「おお、久衛門、暫く見ぬうちたくましくなったな。音弥も変わりないか」

「はい。皆が京の話を楽しみにしております」久衛門は京の話を早く聞きたいらしい。いねが急ぎ足で土間に入ってきた。そのまま崩れるように重助の足下に蹲った。重助の膝に置いた手が震えている。いねの肩に置いた重助の手にいねの躯の震えが伝わってきた。いねの躯の震えは暫く続いた。いねの襟元から甘い匂いが伝わってきた。我に返ったいねが言った。

「久衛門、父上に洗い桶を、父上は長旅でお疲れじゃ」顔を上げたいねの頬に、涙の跡が見えた。重助はいねの手を握りしめた。腰の箱枕の中から微かに銀の触れる音がした。

　程なく兵部が戻ってきた。

「重助殿よくぞ無事で戻られた。道中さぞ難儀をしたことであったろう」

「当主様がご危篤と伺いましたが」

「夏の暑さが殊の外厳しかった故、体調を崩された。歳と言えばそれまでだが、いね殿にも何かと世話をかけておる」

「いねも息災で久衛門もたくましく、一回り大きくなった様に見えます。兵部殿には重ねてお礼を申しあげます」

「それよりも、領内で誰ぞ知り合いに会わなかったか」

「先ほど屋敷内で忠次殿に出会っただけでございます」

「忠次なら良い。京が政情不安であることは漏れ聞いていたが、二人の身に何が起こったのか」

「……私はお役に立てませんでした」

「いや無事に戻って来たことが何よりだ。助次郎の文には九月十六日夕刻、継次殿が病歿。所司代から翌十七日新撰組局長近藤勇殿の差配にて、葬儀が行われる旨の回状があった、と書かれていた。更に重助殿は行方不明、と書かれていた。しかし辰蔵という飛脚が助次郎からの伝言として申すには、重助殿は密かに芹沢に向かったという話であった。その上重助殿の帰郷が世間に漏れぬように、とのことであった。いね殿には重助殿が京を離れたことだけを伝えた。芹澤家にとっても平間の家にとっても、重助殿の存在を隠すことが肝要、という助次郎の伝言が解せぬ。何があったのか」

　重助は文を兵部に差し出した。

雪霜に色よく花の咲きかけて
　散りてもあとに匂う梅が香

「これは京に上って間もなく継次殿が北野天満宮に奉納した和歌にございます。芹沢に戻ることがあれば本家様に、と託されたものにございます。継次殿の決意を表すものと思っていましたが、今は辞世の句であると思っております。京にて散ることを予期していたに相違ありません。京は恐ろしき所でありました。京に着いた我々を迎えたものは三条大橋に捨て置かれた足利三将軍の木像のさらし首でありました」

「なんと言うことか……」

「京に上がって間もなく浪士隊は分裂し、継次殿はじめ十七名が京に残ることになりました。又右衛門様と助次郎様の口利きで会津藩の後ろ盾を得、壬生浪士組として都の西方の警備を任されました。京を混乱に陥れようとする西国の不逞浪人との小競り合いも多く、命を張った日々でありました。五月には公卿の暗殺事件が起き、八月には幕府に反旗を翻した七名の公卿を京から追放し、京は平穏を取り戻しました。我ら壬生浪士組も会津藩の配下で奔走いたし、この時の働きで新撰組という名を賜り、継次殿が筆頭局長となり新撰組は治安を担う集団として認められました。九月十六日新撰組は島原の角屋にて宴を催しました。事件は翌日未明に起きました……。

私は暑さで目が覚め喉の渇きに耐えられず、勝手元に向かいました。その時賊が押し入り継次殿が襲われました。気付いた時には既に賊は逃げ去った後で、私は庭にまわり継次殿の寝間に向かいました。継次殿は斬られこときれておりました。私は賊を追って屋敷を飛び出しましたが、賊の姿は何処にも見あたりませんでした。親しき者の家にてその日を過し、又右衛門様と助次郎殿に事の次第を申し上げました。既に事はお二人の耳に入っておりました。新撰組は下手人は長州浪人、私は行方不明。何処かで斬られたに違いないと決めつけ事の処理をしたと伺いました」

「重助殿は何故屯所に戻らなかったのか」重助の躯が僅かに震えた。

「それは………私には本家様に事の次第を申し上げねばならぬ役目がありました」

「ああ、そうであった。しかしその日のうちに行方不明と決めつけるとは、ちと早すぎるのではないか」

「新撰組にはたとえ一日であっても許し無く隊を脱するは切腹という掟があります。それに局長を賊に討たれ、仇も討てず生き残った者はいずれ蔑まれ、生きては行けませぬ。敵に後ろを見せたと言われ、武士道に背く者として切腹です」

「重助殿、私には下手人が京を騒がす浪人とは思えん。継次殿はかなりの使い手と聞いておる。浪人共に討たれたとは思えぬ。それに翌日に葬儀とは、手回しが良すぎる」

「葬儀のことは、助次郎殿は一言も触れておりませんでした」

　重助の脳裏にあの時の疑念が蘇ってきた。再び重助の躯が震えた。兵部の目が重助を見据えている。

「継次殿を病歿として闇に葬らねばならぬと言うことではないか、事情があって真の下手人も隠すということに他ならぬ。そうではないか」

「…………」

重助は答えることが出来なかった。

「儂は重助殿は真の下手人を存じていると思うが、賊は何者か」

「…………」

「重助殿、襲撃の目的は只一つ、継次殿を亡き者にすることにあった。儂はそう思う。継次殿が亡くなって利する者がいる。それは誰か……」

「…………私は、二度と世間に出てはならぬと言うことにございます」

「儂には合点がゆかぬ。それで良いのか重助殿は」

「平間重助は京で継次殿と供に天に召されました」

「本当にそれでよいのか」

「これより先は何処か見知らぬ土地で生きて行こうと、心に決めております。ただ心残りは……」

「そうであろう。いね殿と久衛門の行く末が心配であろう。それに平間の家もな、郎党達の行く末も」

「いねも郷士の家に育った者にございます。郷士の妻の心得は持っている筈でございます」

「このような結末になるとは夢にも思わなんだった。継次殿は豪気なお人故、無念なことではあるが己の意気地を貫かれた。重助殿には苦渋の生き様を強いることになってしまった」

「継次殿が武士の世が終わるかも知れんと申しておりました。どのような世になるのか知れませぬが、私は久衛門の成長を楽しみに生きてまいります」

「芹澤の家がある限り、平間の家は守る。いね殿や久衛門が路頭に迷うことはさせぬ」

（俺は兵部殿に真実を申すことができなかった。勘の良い助次郎殿は気付いたに違いない。私の帰郷が水戸表にでも漏れれば兵部殿の身にも災いが及ぶ。何も語らぬ方がよい）

「京で何があったのでございますか、兵部様の様子から、何か変事があったのではないかといねは案じておりました」

「いね、継次殿が襲われ命を落とされた。俺は一人残され、死に場所を失ってしまった」

「お前様…………」

「俺は生き延びたが二度と世間に出ることはできぬ。継次殿の死には裏がある。俺は行方不明として世間から葬られた。此処でお前達と暮らすこともできぬ」

「共に暮らすことは、なりませぬのか」

「それはできぬ。俺がいては芹澤の家にも平間の家にも災いが起こる」

「遠い京の事ではございませぬか」

「平間の家を、芹澤の家を守らねばならぬ。隠れ棲むのがお前や久衛門を守ることになる。

本家も承知の上だ」

「いねは不安でございます。当主様が倒れ、蒔伊様は付きりでお世話をしております。蒔伊様はこのところ気分が優れませぬ。臥せってしまわれては家の中が納まりませぬ。兵部様はこのところ水戸へ出向くことが多く、人の出入りも増えてまいりました。忠次殿は多くを申しませんが、水戸藩内では異なる意見を持った方々が互いに徒党を組み、争う事態が起きているそうで、兵部様が巻き込まれはせぬかと按じております」

「そうか、忠次殿が急に老けられたのは当主様の事だけでは無いのか。いね、蒔伊様の頼りになるように努めねばなるまい。兵部殿に何れかの一派に与する動きがあるとすれば俺も心配だ。京で助次郎殿がいずれにも与するべきではないと申していた」

「殿方は何故家門の浮き沈みを賭けてまで争うのですか、しかも同じ家中で、いねにはその考えが解りませぬ」

「誰もが平穏に、思うように暮らせる世の中であれば争い事は少なかろう。しかしそんな世はない。生まれながらに身分の差も富裕の差もある。人には欲もある。知識の差もあれば立場の違いもある。家と己の保身の為に、或いは利害の為に集団となって動けば争いが起きるのは人の世の常だ。武家の時代が長く続いてきた。今の体制に歪みや綻びが出てきたのだろう。戦うのは男の保身本能だ。男が家や家族や女の前に立って戦う世なのだ」

「いねはどう生きれば良いのですか」

「久衛門の成長を楽しみに生きよ。そして己の生を全うすることだ」

「そう言われても、不安な気持ちが抜けませぬ。此処にとは申しませぬ。せめて、あなた様が近くにいてくれるなら、いねも不安と戦っていけます」

いねの顔が曇り、言葉がとぎれた。いねの躯が小刻みにふるえている。

「いね、いつの日か富士の山を見る日も来ようぞ。暫しの辛抱じゃ」

いねが僅かにうなずいた。いねの頬に当てた重助の手に、暖かいものが伝わり落ちた。

過ぎゆく秋を惜しむかのように、虫の声が澄んだ夜空に響いていた。命の叫びを天に届けとばかり鳴いていた。

翌朝、久衛門を誘って裏山に登った。重助を追い抜くほどに久衛門はたくましくなっていた。

「父上、京は楽しき所にございますか」

「大きな都だ。江戸とも違う。内裏は贅を尽くした優雅な造りで、城とは違う形をしておる。町家も店も贅をつくし、それはたいそうな構えであった」

「父上はいつ京に戻るのですか、久衛門はお供をしとうございます」

「それはならぬ。誰が母上を守るのじゃ。訳あって父は他国へ行かねばならん。やがてそちにも解る時が来ると思うが、今は父が芹沢に戻った事も他言してはならぬ」

「どの様なお役目にございますか」

「それも言えぬ。久衛門、忠次殿から農事をしかと学ぶのじゃ。田畑山林は人が生きてゆく上の源じゃ。世の中が変わってもこの事は変らぬ」

「いつ、旅立たれるのですか」

「それも言えぬ」

重助は手頃な木の枝を太刀に仕立て久衛門と向かい合った。

「久衛門、打ち込んでまいれ」

久衛門が重助に向かって盛んに打ち込んできた。受け止めた重助の腕が次第にしびれてきた。十歳とはいえ農事で鍛えた腕は強い。動きも速いがただ無駄が多い。打ち合う木刀の音が木立を切るように、山に響き木魂になって帰ってきた。

「久衛門、力がついてきたな」

「兵部様より手ほどきを受けました。それに鉾田の神道無念流の道場にて、手ほどきを受けました」

「久衛門、剣は身を守るものぞ、人を斬るものでは無い。天性の剣客もいるが一人一人の力はそうは違わぬ。まず相手の力を見極めることだ。闇雲に仕掛けてはならぬ。それから強い相手にも臆してはならぬ。気力が大事じゃ。それから地の利を得ることが大事じゃ。立木も地の窪みも陽の影も素早く読み取るのじゃ。そして相手を不利な地に追い込むのじゃ。一撃で相手を倒すなどと思ってはいかん。命を賭けた戦いでは特にそうじゃ。むやみに刃を交えてはならぬ。じっとこらえて、勝機を待つのじゃ」

重助の火照った躯の中に、京の記憶が蘇っていた。久衛門は素直に重助の言葉にうなずいていた。

四

隠れて三日を過ごした後、重助は未明に芹沢を出た。色づいた銀杏の葉が風に舞っていた。

（継次殿との約束を果たさねばならぬ）

西湖を右に見て海に向かい、浜辺の街道を北に向かった。弁天、夏海と海沿いを進み、水戸を迂回し那珂川の渡しを渡って夕刻村松に着いた。

村松には飛脚の辰蔵の女房と子供が住んでいる。辰蔵は平潟浦の船乗りの子に生まれた。辰蔵が十歳の頃父親の乗った江戸へ行く回船が嵐で村松の沖で難破した。九月の強い嵐の夜であったという。船も父親も乗子の全てが海の藻くずと消えたらしい。辰蔵は漁師の手伝いをしながら半年もの間、海を見つめ浜辺に出ては打ち上げられた船の残骸を拾い集めたという。半年後、浜に打ち上げられた残骸と共に父親の形見の煙管を荼毘に付して浜菊の丘に丸い石を墓標に葬ったという。辰蔵の三つ年上の女房は世話になった漁師の娘だという。

辰蔵は漁師にはならず平潟浦の廻船問屋、菊池家で商人としての修業を始めた。呑み込みの良さ、口の堅さが気に入られ主に同行して水戸、江戸、西国へと旅した頃、水戸藩邸の目にとまり飛脚としての仕事をすることになったらしい。

敏捷で足が速かったことは言うまでもない。辰蔵一家はすでに水府の那珂川べりに居を移していた。村松虚空観音近くの商人宿に泊まり、翌朝道を陸前浜街道にとって久慈川を渡り助川海防所を目指した。助川海防所は水戸の斉昭公が異国船の監視と不意の上陸に備えたもので、安政元年（一八五四年）ペリーが浦賀に二度目の来航を果たし幕府に通商条約を迫った時より海防の要として築造された。物見塔や砲台が海に向かって造られていた。更に海に沿ってその地を越えて水戸藩付け家老中山氏の所領地を抜ければ松岡領に入る。松井村はその先にある。

そこに継次（芹澤鴨）の忘れ形見、常親《つねちか》がいる。神官として成長した常親を見届けることが継次との約束である。山に向かって急な石名坂を上ったところに陣屋があった。

何処へ向かうのか、付け中間と武士の一団が集まっていた。多くの荷駄の列が続き長い道中に備えているようだった。前を通り過ぎようとした時役人風情の侍が声をかけてきたた。

「もし、長旅の様にお見受けしたが何処よりまいられた」

重助の色の褪めた黒の羽織と背中の道中荷物が目についたらしい。

「京の本圀寺からまいった」

咄嗟にそう答えてしまった。

「ほう、京でござるか。我らこれより水戸表に集結し京へ向かう所じゃ。丁度良い。京の話でも聞かせて貰えぬだろうか」

京と言ったのがまずかった。二人の侍が寄ってきた。

「本圀寺と聞こえたが本圀寺党の飛田左右衛門をご存じないか」

「はて、飛田殿と申すお方には覚えがござらん」

「なれば滝田嘉門、杉田彦三郎はご存じないか」

「滝田嘉門というお方はいたような気がするが、しかとは覚えておらぬ」

「京の情勢はいかがでござるか」

「西国の浪人共が集まり何やら企んでおる様で治安が乱れておる」

「西国とは如何なる藩か」

「長州や土佐にござる」

「して、本圀寺党は京で如何なる役目を果たしているのでござるか」

「京の西方の警護にござる」

「貴殿は何処まで行かれるのか」

「平潟浦にござる。先を急ぐ故失礼つかまつる」

「急がずとも夕刻には着くであろう」

折良く雨が落ちてきた。重助は三人を振り切って足を速めた。十間ほど歩いて振り返ると先程の三人が重助を見ていた。重助は歩みを早めた。

道が下り坂になった所で胸騒ぎがして重助は山に登る小道に入り、木立の陰に身を隠した。案の定、先ほどの侍と捕り方が三人、重助の前を早足で北へ向かって行った。重助は街道に沿った山裾を木立に隠れて北へ向かった。小雨に煙って海は見えなくなった。

中山知行地に入った頃、雨は本降りになった。廃屋の軒下に身を寄せた重助の前に、小屋の中から男が出てきた。三人の片割れの一人だった。

「おぬし、本圀寺からと申したが誠か、本圀寺にいた者であれば杉田彦三郎を知らぬとは言わせぬ。それに滝田嘉門の名を聞き覚えがあると申したが、滝田嘉門は拙者の名ぞ。おぬしは何れの者か」不用意に京と言ってしまったことを重助は後悔していた。安易に答えたことを後悔していた。その男は言った。

「平潟浦にまいるなど偽りであろう。磐城へ逃げて行くのであろう。新徴組の残党であろう。幕府の大恩を忘れ攘夷を成すとか勝手にほざき、京警護の役目を投げ出した清河八郎の配下に相違なかろう」

重助は答えなかった。陣羽織の肩口にたすきの紐が見えた。重助は用心して後ろに下がった。他に供のいる気配は無い。男は前に進み出た。重助が右に進むと男は行く手をふさぐように走り出た。

「拙者が成敗つかまつる。それに一度人を斬ってみたかった」男はそう言った。

重助の胸に突如として激しい怒りの感情がわき起こった。

（この男、人の命をなんと心得る。こんな身勝手な奴は許せぬ）

重助は素早く辺りを見回し松林に走った。男は重助の行く手を阻むように先回りした。男が陣羽織を脱ぎ捨て刀の柄に手を添えて間合いを詰めてきた。下げ紐でたすきを掛け、既に斬り合う備えはできている。重助は松の木を盾に動いた。間合いを計りながら背負った道中荷物の結びを解いた。箱枕が地に落ちた。重助は足元を確かめた。砂地の地面に足が取られた。男は抜刀せずそのままの構えで重助を追い詰めてくる。雨が松の枝からしたたり落ちてきた。

逃げる重助を巧みにその男は追い詰めて来る。松の枝に触れ羽織の片袖が抜けた。重助は羽織を脱ぎ捨てた。男は執拗に間合いを詰めてくる。それなりの使い手と見た。松林の中程で重助は追い詰められ抜刀して松の木を背に、斜め正眼に構えた。刃を僅かに横に寝せて低く構えた。男は勝ち誇った様に名乗った。

「夢想神傳流滝田嘉門、役目にて賊徒の首貰い受ける」

聞き覚えのない流派であった。抜刀せず迫ってくるところは居合いの技に似ている。重助は木立を盾に左右に動き、動いては構えた。重助の動きが止まった。男は薄笑いを浮かべ重助を見た。重助は右に飛んで足で砂を蹴りあげた。砂が男の顔を襲った。男の顔から薄笑いが消えた。男は横に伸びた松の枝を潜るやいなや抜刀して、脇下より逆袈裟に抜きざまに斬りつけてきた。刃は松の枝を払った。重助はかろうじて身をかわしたが飛び跳ねた枝が重助の顔を襲った。頬に痛みが走った。次に男は刀を肩に構え迫ってきた。重助は二本の松の木を挟み間合いを取った。右に走ると見せかけ、躯を傾けたとき男が行く手を阻もうと右に動いた。躯が僅かに横に向いた瞬時に松の木の間を重助の左腕が伸び、男の横腹を剣先が貫いた。腕先に躯をえぐる確かな感覚が走った。重助の剣が男の動きに負け松の木に跳ねた。重助は脇差しを抜き男の前に飛び出した。男は右脇腹を押さえ松の幹に躯を預け、迫ってくる重助に刃を振り下ろした。刃が重助の頬をかすめ、力余って男の足先を斬った。重助は男の首筋を目がけて脇差しを振り下ろした。脇差しは首を滑って松の木を切った。重助は再び脇差しを揮《ふ》るった。首から赤黒い血が飛び散り、男の躯が右に傾いた。

滝田嘉門と名乗った男はうめき声を上げ、松の根元に滑り落ち、間もなく息絶えた。重助の躯が小刻みに震え、激しく肩で息をした。暫くの間崩れ落ちた男の骸を見ていた。雨が重助の顔を伝わり落ち、重助は我に返った。頬が痛み左手がまだしびれていた。重助は街道を北へ向かった。二度、三度後を振り返ったが、雨の中街道を走り行く重助を疑いの目で見る者はいなかった。道行く誰もが早足で駆けていた。松岡の宿の外れで畑の中の小屋に飛び込み、積み上げた藁の中に身を隠し街道を窺った。誰も追ってくる様子は無かった。

腕の震えは暫く止まらなかった。

道中荷物の箱枕の中で音がした。

「あなた様、殺生はおやめなされ」いねの声がそう言った。

(解っておる。だが、降りかかる火の粉は払わねばならぬ)

雨は夜通し降り続いた。冷たい夜気が重助の火照った体を冷ましてくれた。

翌朝浜辺に出て更に北に向かった。白い波頭が立ち海に船影は無かった。強い海風が砂を巻き上げ重助の躯を震るわせた。重助は風に煽られ前屈みに歩みを早めた。海に突き出た磯原の天妃の山が見えたところで陸前浜街道を横切って山に向かった。

農事の終わった畔道を、暫く山に向かって進み行くと、小高い馬の背のような松井村に着いた。その家は石と土で積み上げた土塁を巡らし常緑の生け垣に囲まれていた。瓦屋根の堂々とした構えの母屋の他に鳥居が見え、裏山に登る石段の先に小さな社が見えた。

「当主はご在宅か、拙者平間重助と申す。お目にかかり継次殿の文を渡したく、取り次ぎ頂きたい」庭に出ていた下女が驚いて奥に走っていった。

重助は縁先に招き入れられた。

「継次殿の辞世の句にござる。九月十七日京にてみまかりました」

年老いた白装束の神官が文を広げた。沈黙が続いた。暫くして老神官が遠くに目をやって言った。「継次は一つの物差しに収まる筈のない男であった。一子常親は間もなく元服を迎える。そのことが我々には救いである」

常親は既に神官としての道を歩んでいた。当主は全てを己の胸の内に納め、ひたすら一子の成長を見守る、と言った。

一子は無事に成長している。そのことを伝えるべき継次（芹澤鴨）はこの世にいない。

重助の約束の旅は終わった。

重助は平潟浦に向かい、その地に暫くの間留まることにした。これより先は当てのない旅である。辰蔵の郷である風待ちの港の船宿は、磯の香りに満ち、夜通し岩場に寄せる波濤の音がした。時折、地を揺るがす響きと風の音に混じり、獣か赤子が泣くような悲しい声が聞こえた。

重助は箱枕と向かい合った。

（俺は京が見たかった。それが何故悪い。俺は事件に巻き込まれ、世間の片隅に追いやられた。俺の所為《せい》ではない。だが故郷を捨てねばならぬ、妻や子と離れて暮らさねばならぬ。遠い京の事であるのに、隠れ棲まねばならぬ。明日をどう生きるか、誰も教えてくれぬのか……）

箱枕は何も答えてくれない。

繰り返し寄せる波濤の音に重助は眠れぬ夜を過ごした。

時が過ぎると苦しみは和らぐと言うが、時を経て積もり続ける苦しみもある。雪が降り積もるように重助の心の中に他人には解らぬ苦しみが積もりはじめた。

寒天の彼方で瞬く無数の星が、重助の孤独な後姿を見ていた。

第三部　白虹

一

例年になく春が早く来た。二月早々に梅の花が咲き、百姓達は野良仕事の準備に忙しく動き始めた。三月に入ると桜の蕾がふくらみ、月の半ばを過ぎて間もなく白い花を付けるようになった。開花の遅い山桜が負けじと花をつけ里山が花で覆われた。数日、花曇りの日が続いた。その空に鈍く光る日輪を貫き、白い虹が現れた。白虹《はっこう》は人々の心に不安の黒い影を投げかけた。

動乱が起こった。かねてより尊皇攘夷を唱え、同志を集めていた藤田小四郎が行動を起した。

小四郎は水戸学の創始者藤田幽谷を祖父に、改革者として知られた九代水戸藩主、徳川斉昭に仕えた能吏、東湖を父に名望家に生まれた。尊皇攘夷の志熱き家に育った小四郎が、天狗党を組織し筑波山に挙兵した。

檄文に曰く「尊譲の大義に基づき天皇の意志を慰め、幕府の英断を助け、家康公以来の鎖国の良法を奉じ外夷の侮りを防ぐ」

目的とするところは尊皇敬幕の下の攘夷で、様々なところで制度疲労を起してきた幕藩体制を改革せんと決起した。

幕府は驚いた。とりわけ将軍後見職に就いたばかりの一橋慶喜《よしのぶ》は驚いた。慶喜は徳川斉昭の第七子に生まれ一橋家に入った。水戸はいわば郷里である。十代藩主、徳川慶篤は長兄にあたる。幕府が推薦する者を擁立し荒れた世相を元に戻したい、という朝廷の意向で、京で禁裏守衛総監の職に就いて、数日後の事であった。

「藤田小四郎が何故」慶篤もそう思った。

「また水戸の浪士共が騒ぎおるか」

政治総裁職の松平春獄はそう言った。万延元年の桜田門外の変が頭に浮かんだ。しかし「たかが水戸浪士共、大事には至るまい。捨て置けば良い」そう下知した。だが、その予想に反し筑波山には上州（群馬県）野州（栃木県）常陸より多くの同志が参集した。

一年前、小四郎は藩主慶篤の供をして京に上っていた。京の混乱をつぶさに見ていた。その折、密かに長州と接触し軍資金を得ていた。また水戸領内にて長州藩士桂小五郎と密かに会っていた。

尊皇攘夷を計らねば水戸藩が、いやこの国が立ちゆかぬ、と小四郎は思い詰めていた。京から戻った小四郎は水戸には戻らず江戸藩邸や府中（石岡付近）潮来の宿を根城に同志を募りながら機会を窺っていた。そして三月が残り僅かになった日、小四郎は挙兵した。

総帥に水戸町奉行だった田丸稲之衛門、総裁は藤田小四郎外二名が当たり、幹部の中には天誅組の土田衡平、水戸藩医の家に生まれた田中源蔵らがいた。噂はたちまち常陸、下野など北関東一円に広まり百七十名を超える同志が集まった。

何故筑波山なのか、筑波は水戸より約十里陸前浜街道の交通の要にあり常陸の国一番の霊峰で四方が見渡せ、戦略的にも優れた位置にあった。筑波山には府中から登るのが本道で麓には小四郎達が根城とした宿があった。高浜に出れば船にて西湖を渡り潮来の宿に行くことも容易であった。

民百姓の間に瞬く間に挙兵の噂は広がった。噂の中味は尊譲の大義ではなく、天狗党が北関東一円で多額の軍資金を集めているということであった。確かに戦に軍資金は必要である。だがその集め方があまりにも威圧的で強引すぎるという噂が流れた。

「中嶋屋という商人は、天狗党の義挙に応じ千両を差し出したらしい」

「市川村の綿商人が軍資金の献上を拒み田中源蔵なる者に首を打たれ、村の辻にさらされたそうだ」

「田中隊と称する者どもは富農の家に押し入り金品を強奪し、その上下女を手込めにしたらしい」

「府中藩も幾ばくかの軍資金を献上したがそれでも足らず、府中の商人達は首代と称してそれぞれに五両十両と献上したらしい」

「軍資金を元に槍刀、鉄砲、大砲、火薬まで買い集めているらしい」

噂は筑波周辺は元より常陸、下野、上野、下総方面まで広く流れた。筑波山を領内に持つ二万石の府中藩には天狗党の動きを止める力は無い。府中藩は領内の混乱を見て見ぬふりを決め込んだ。大義を掲げて幕政にもの申すは結構なことであるが、日々の暮らしを乱されては堪らぬ。しかし天狗党に立ち向かうだけの武力が無い。僅かな軍資金の供出で事が済むならと小藩は考えた。府中は無法地帯の様相を呈した。

天狗党の動きは北関東一円に広がり幕府の想像以上に人が集まった。幕府が事の重大さに気づき、北関東の諸藩に天狗党を取締るよう命を発したことを契機に、郷村でも自衛の動きが徐々に広まっていった。

四月に入ると筑波山に挙兵した天狗党の本隊は宇都宮に向かい、更に日光東照宮へと向かった。筑波周辺の村々も一時喧噪が去り、被害の無かった郷村の人々は「子年のお騒ぎ」とか言い、騒動は直に収まるに違いない、と言いながら、農事に追われる日々を過ごしていた。百姓はやがて来る田植えの時期に備え始めた。しかし田中源蔵率いる一団が本隊とは別に、湖西地方を根城に独自の動きをしていた。天狗党の名の下に様々な狼藉を働いていた。

二

五月の半ば、重助は新緑に囲まれたいねの里、亀岡にいた。義兄の亀岡宗衛門の屋敷の小屋に隠れ棲み、下僕の弥平らと供に農事に明け暮れていた。そんな折、同じ一族の長老柿崎庄三郎より使いの者が来た。何やら火急の用らしい。柿崎本家の下僕頭を務める午之助と言う男が申すには、宇都宮に去った天狗党がまた筑波に戻り来るらしい。その上、田中源蔵と言う者が率いる者共が、天狗党の軍費調達と称して豪商豪農はじめ諸藩まで威圧的な振る舞いで、金品を強奪しているらしい。拒絶されると腹を立て、これまでに栃木陣屋を焼き払い、真壁の商家に火を着けたと言う。最近は村々を回り百姓にも物を強要するという話であった。

幕府は慌てふためき改めて周辺の諸藩に天狗勢への警戒を命じた。たとえ相手が水戸家中の者と言っても召し捕ること。更に近隣の村々は申し合わせて自衛の為に行動せよと言う触れを出した。

「午之助、それで庄三郎様は一味と戦うと言うのだな」宗衛門が言った。
「ご隠居様は百姓が奴らと戦うと言っているのに、我らが加勢せねば面目が立たぬと言って
おります。穀物を取られ僅かな銭まで取られては暮らしが成り行きませぬ。その上要求が通
らぬ腹いせに田畑まで荒らされては我慢ができませぬ」
「そのような狼藉まで働くのか、して奴らは如何ほどの頭数か」
「まず五、六人で目を付けた家に押しかけ、言うことを聞かぬと大挙して押しかけるようで
ございます。話によれば三十名ほどの手勢を引き連れているようです」
「三十名か、その者達はみな武士か」
「田中源蔵とか申す水戸浪人を頭に侍が半数、後は商人や渡世人、村を捨てた百姓もいるや
に聞いております。何れも刀、槍、弓にて武装してると聞いております」
「お上も奴らを召し捕れ、とは言っておるが表だった動きは無い。村々が申し合わせて行動
せよとのお触れであるが、一戦交えるとすれば出来得る限り人は集めねばなるまい」
「奴らが峰泊に来るとすればいつのことになるかのう」
「五日ほど前に刈田村で名主の家に押し入ったところを村の若い者が見ました。名主は金品

を差し出した様子にござれば、数日の余裕はあるのではないかと……峰泊に来るのはその後かと」

「承知した。亀岡宗衛門、加勢つかまつると庄三郎様に伝えられたい」

午之助と言う下僕頭は、更に近隣の村をまわると言って急ぎ亀岡を去って行った。

「宗衛門殿、この役目私に任せてくれませぬか」重助が言った。

「いや重助殿、儂が行かねば庄三郎殿に申し訳が立たぬ」

「そう申されても奴らが峰泊を迂回して亀岡に来ぬとも限らぬ。そうなった場合、当主が不在では村も家も守れませぬ。此処は一つ私を名代として峰泊に行かせていただきたい。私はこれまで何度か刃の下を潜って参りました故、多少の覚えはあります」

「相手は多勢の様子、それに武装しているようだ。それなりに備えをせねばなるまい。宗一郎を私の名代として同行願えぬか、あれも十八になる。しかと今の混乱した事態を見せておかねばねばならぬと思う」

「いくの殿が心配なさらぬか」

「峰泊はあれの里に近い。宗一郎を行かせることに異論はあるまい。そうだ菊次郎、菊三郎兄弟にも加勢を頼もう。二人とも剣筋も良くその上度胸が良い」

「猟師の黒太郎は頼めませぬか」

「ほう、奴に当たってはみるが……重助殿、飛び道具がいると申すのか」

「三十名の者どもに対峙するには、少なくても三倍の男どもを集めねばなりませぬ。十五名が武士とすれば、何らかの武器を使える者が二十名はおらねば優位に立てませぬ。勿論峰泊の方々には地の利もあります故、それなりの戦い方は出来ると思いますが、事は多勢で一気に制しなければなりませぬ」

「庄三郎様は賢いお方だ。人望もあり村人も下知に従うであろう。豪気な方であるが何せ今は歳を取られた。重助殿にはあの方の片腕になって頂ければ有り難い」

その日の午後、重助と宗衛門の一子宗一郎、甥の作並菊次郎菊三郎兄弟、それに下僕弥平の子徳兵、水車小屋番の安の六人は、亀岡を出立した。

峰泊へは五里の道のりである。田植えの終わった田に蛙が鳴き、若い苗がさわやかな皐月の風にそよいでいる。平穏な風景の向こうに百姓までが加わって、人々を恐れさせる争いが起きているとは、とても思えなかった。

いかなる大義があるにせよ、弱い民百姓を困らせてはならぬ。重助の心の中に田中源蔵らに対する怒りが湧いていた。

菊次郎に続いて宗一郎、その後を徳兵と荷物を背負った安が続き殿《しんがり》は菊三郎、その後ろに大分遅れて重助が続いた。若者のはやる気持ちが歩みを早めた。街道を南に向かい四里ほど進み、二股に分かれた道を山に向かって右に曲り、坂を登り切ると視界が開け山合いの集落が見えてきた。間もなく陽が陰る。山間の棚田には既に苗が植えられ、水が張られ落陽に輝いていた。集落の裏に山が迫っている。山は重なりながら筑波の峰に連なっている。

日暮れとともに一行は柿崎庄三郎の屋敷に着いた。四、五人の若い衆が長屋門の脇に詰め、女達が井戸の回りで夕餉の支度に忙しく立ち働いている。重助と宗一郎、作並兄弟が家に招き入れられた。庄三郎は既に六十を超え隠居の身であったが、跡継ぎの庄一郎が昨年病没していた。林道切り開きの郷役務で負った傷が元で亡くなったと聞いていた。十四を頭に三人の男の子がいる。庄三郎は老骨にむち打って一族を束ねている。既に髪は白く長身で日焼けした顔に眼光鋭く、それでいて笑うと皺に覆われたえびす顔が、温厚な性格を表していた。既に分家の柿崎荘介、荘太郎親子と縁に繋がる藤間、富沢という郷士が郎党を従え屋敷に詰めていた。庄三郎を中心に陣立ての話が進められた。

天狗党本隊は間もなく筑波に戻るらしい。総勢は五百人を超えているという。しかし田中隊は本隊とは別行動で、全くの私的行動を取っている。むしろ田中隊の狼藉は本隊にとって迷惑な存在となり、藩からの達し文には狼藉者は絡め取って良いと書かれていたが、まだお上は動かない。

峰泊は二十八戸の集落である。更に奥に二つの小さい集落があって十三戸の家がある。郷役務割り当ては一戸当たり二名であるが全てが男ばかりとは限らない。若い手ばかりとは限らない。しかしこの度は女子供であっても使わねば人手は足りない。集落で動員できる屈強の男どもは二十一名、年端行かぬが賢い子供が八名、年寄りが十一名、それに重助達助っ人が十数名、何らかの武器を使える者は十六名である。さらに下僕頭の午之助の奔走で集められる頭数は十名程度と見た。

今のところ総勢六十名弱の頭数で、三十名の田中隊に立ち向かうことになる。

腕を組み、目を閉じた庄三郎の顔が苦しげである。

「地の利は我々にあります。本家様、安じめさるな。明朝改めて迎え討つ場所を確かめましょうぞ」分家の柿崎荘介が言った。

庄三郎が大将、武器を使える者を二手に分け荘介と重助が、それぞれの隊を束ねることでその夜の軍議は終わった。

翌朝、重助達六名の主だった者は集落の入り口に向かった。南北に走る街道から集落への道は一本で、他には街道から半町ばかり入った丘の上から木立の間を縫うように、街道に通じる間道があるだけである。

左手の切り通しの崖の上は松や雑木の林になっている。右手は小高い丘で雑草が生い茂り、所々崩れかけた斜面に砂利が露出している。丘の上には松の老木が二本、後は雑木の若木と切り株が丘下の林までまばらに続いている。「ここで奴らをくい止める。集落に入られて田畑を荒らされ、火でも放たれては堪らん。平間殿、如何か」

「確かにここに陣を構えるのが得策です。一本道を入ってくる奴らの動きは手に取る様に解ります。木の上に見張りを立てれば道も集落の大半を見通すことが出来ます」

六人が同じ考えであった。

「ここに馬止め柵を設け、越えようとする者を討ち取る。一人たりとも此処を通さぬ、という勢いを見せるのが大事かと思う」

荘介の従兄弟の藤間庸二郎が言った。

「崖上の林に伏兵を忍ばせ、奴らが戦いを挑んできたら弓、石つぶてにて襲うが良いと思う。見えぬ敵ほど怖いものは無い」

崖上の林を見上げて重助が言った。重助の頭の中に下諏訪の一件が残っていた。

布陣は丘の上に見張りと本陣をおき、柿崎庄三郎、午之助はじめ十名ほどの者を配する。馬止め柵に沿って三、四人一組の抜刀隊を四組、竹槍、長柄の大鎌等持った五名一組の若者を三組ほど配置する。他所からの助っ人は手持ちの武器を持って後詰めに当たらせる。そして大声にて相手を威嚇し見方の士気を高める。猟師に弓を持たせ、更に年寄りと子供合わせて十名ほどに石つぶてを用意させ林に忍ばせる。待ち受ける陣は荘介が先頭に立ち重助が補佐する。右陣が重助、左陣が荘太郎、百姓隊は一番上背のある弥五郎とあらかじめ決めた。後は武器と助っ人が集まるのを待つだけになった。若い衆の五人組が朝から近隣の村に走っていた。それぞれが伝手を頼って仲間を集めていた。その一人が急ぎ戻ってきた。田中隊らしき者どもが街道を峰泊に進み来るという。

「万作、奴らは何人か」

「六人に見えた。刀を差しているのが五人と丸腰の馬引きみてえな奴が一人。そいつは多分百姓だ。百姓が手引きしてやがる」

「奴らは本隊ではあるまい。めぼしい屋敷に当たりを付けに歩いているに違いない。村に入れるか、それとも村の入り口で追い返すか」

荘介が庄三郎を振り返った。庄三郎が即座に答えた。

「門前にて迎え無心の件は、きっぱりと断り申す。断れば本隊が来るであろう。待ち受け、その時に一気に打って出て決着を付ける」

長屋門の前で庄三郎と荘介が六人の男と対峙した。重助達は門を囲んで土塁や前の畑の立木の陰に身を隠した。

「我々は天狗党の一派田中隊の者である。天狗の神より授かりし神通力を持って、幕政にもの言い、世直しを図らんと筑波山に集結した者である。我々の大義に賛同する郷村の方々より、ご奉仕を頂きにうかがっておる。ついては、金子なり穀物なり、献上賜れば有り難きことにござる」

「この郷《さと》は見ての通りの貧しき村にござる。幕政にもの申すは解らぬことではないが、献上する金子も無ければ、穀物もござらん」

庄三郎が言いはなった。

「既に近隣の郷村より、多額の金子の献上を受けているやに、聞き及んでいるが……」

荘介が言った。相手の顔色が変った。

「村々ではこぞって献上しておりますぞ。我々の噂を聞き及んでいるならば、幾ばくでも差し出した方が、身のためかと」

「無い袖は振れぬ」庄三郎が答えた。

「……」相手は無言でにらみ返した。

「明朝参る故、考え置かれよ」

百姓の出らしき男が足下の小石を蹴った。小石が門扉にあたり庄三郎の足下に転がった。

暫く睨み合った後、奴らは去った。

庄三郎は集落の男どもに動員をかけた。昼過ぎには二十名ほどの男が集まった。男どもは馬止め柵を造りに走った。遅れて来た者達は竹林に走り竹槍を作り始め、女子供は石を集め崖上の林に運んだ。亀岡の郷から黒太郎が仲間二人を連れてきた。下僕頭の午之助が戻り、倅《せがれ》の作之助はじめ四名の若者を連れてきた。何処で集めたのか、それぞれが数本の刀を抱えていた。年寄り達も素早く動いた。鎌や鳶口、隠し持ってた武具を持参し、或ものは女達を指図し布きれを蝋に浸して松明を作らせ、強飯《こわめし》を炊かせ握らせた。郷役務の作業で鍛えられた知恵が活きている。不思議なことに百姓達には、戦を前にしての悲壮感はなかった。

作業の合間に笑い声さえ聞こえた。

夕暮れまでに馬止め柵が出来上がり、丘の上の見張りに長屋門に詰めていた若い衆を残し、庄三郎は屋敷内に皆を集めた。飯時には屋敷に人が溢れていた。

庄三郎が縁に立ち皆に向かって言った。

「天狗の一派と称する者達が銭や穀物の無心に参ったが、儂はその申し入れを断った。何れ明朝にでも大挙して参る、と言い残して去った。村々から軍資金と称して金品を強奪している、田中源蔵なる者どもである。いかに大義があろうとも、民を苦しめては大義は通らぬ。民は奴らの所業に怒っておる。民の支持無き行動は何れ瓦解する。奴らを阻止する。この郷には一名たりとも、入れてはならぬ」

田中隊の狼藉は既に民百姓の知るところであった。庄三郎の言葉に皆がうなずき「そうだ。その通りだ」と口々に叫んだ。

「おら、作田の村で見た。あいつら米をかすめ取った後で家を焼いた。婆様と幼子が焼け死んだ」飛助という若い百姓が言った。

「庄屋の家で金をせびったあげく若い女を手込めにした。堰《せき》を壊し水を流した。あいつらの中に百姓がいる。そいつが手引きをしている。相手は侍ばかりじゃねえ。怖がることはねえ」竜《たつ》と呼ばれていた男が言った。

「皆、荘介と平間殿の下知に従って動いて欲しい」庄三郎が言った。

夜になって近隣の加勢も増え総勢は百二十人を超えた。それぞれが集落の百姓の小屋に分宿して夜明けを待った。若芽の時期が去り農事も一段落して梅雨の季節が近づいていた。丘の上の見張りの焚き火が僅かに見えるだけで、雨の匂いのする空には星明かりは無かった。丘の上の微かな明かりを見つめながら庄三郎が言った。

「戦うとは言ったものの、刃を交えれば我が方にも怪我人が出るやも知れぬ。女子供も巻き込む事になる。これでよいのかのう」

「庄三郎様、皆がそれぞれに考えた末のことにございます。戦う大義は我らにあります。しかし相手は無頼の輩、どう出るかは解りませぬ。初戦の勢いが大事でござる。元気の良い若者も集まっております故、一気に押し返せば負けはいたしませぬ。のう平間殿。それに女どもまでが竹槍を持って戦うと言って、止めても聞きませせぬ。午之助がなだめておりますがどうなるやら」

「なに、女どもも戦うと」庄三郎の顔に驚きの表情が走った。庄三郎が重助を見た。

「皆がこの郷を守ろうと集まっております。気持ちが一つになっております。戦にこれほど強いものはござりませぬ」重助はそう言った。庄三郎の苦しげな顔が少し和らいだ。

此の矍鑠《かくしゃく》とした剛の者にも、戦の前の昂揚した気分と、その心に反して起こり来る不安は隠せない。重助は席を辞した。重助にはまだ備える事があった。

「宗一郎、そちは父上の名代である。この戦しっかりと見届けよ」

「叔父上、戦にございますか」

「そうだ。これは戦だ。民百姓も郷士も己の郷を守るための戦じゃ。相手は田中源蔵なる者が率いる浪人じゃ」

「斬り合いになるのですか」

「話しても解らぬ輩らしい。そうなることを覚悟せねばなるまい」

「多勢にございますか」

「三十名程と聞いておるが、武士は十五名程と見た。他は博徒や渡世人じゃ。百姓もいるらしい。臆することはない」

「百姓もいるのですか」

「食いつめて村を逃げ出た者や庄屋、商人に恨みがある者共が加わっているやに聞いた。宗一郎も徳兵も勝手に動いてはならぬ。下知に従って動くのじゃ」

「人を斬らねばならぬのですか」

「斬ることよりも、己が斬られぬようにせねばならぬ」

「………」二人が重助を見た。

「宗一郎、男は戦わねばならぬ時がある。己の身を守る時がそうだ。理不尽なことに我慢が出来ぬ時もそうだ。田畑を守るときも妻や子を守る為にも男は戦わねばならぬ。今がその時ぞ。ここでくい止めねば、奴らはやがて亀岡の郷にも行くであろう」

重助を見上げた二人の目に強い決意が漲ってくるのが重助には感じられた。

郷の朝は早い。緑に色づいた棚田が朝靄の中に浮かんでいる。雲が低く立ちこめ筑波の頂は見えない。東の彼方の雲の中に日輪の気配が僅かなうす紅色の輪になってあらわれた。重助達は馬止め柵に集結した。

集落に続く二間ほどの道を塞ぐように、倒木と長柄で組んだ柵が、崖下より小高い丘の斜面下に向かって十間ほど続いている。柵に沿って、忍び返しの様に先を鋭く削った太い竹が突き出ている。柴木を束ねた矢立のような壁が柵の内側にある。全て手筈通りに配置されている。

柿崎庄三郎が下僕頭の午之助、孫の次郎衛門、三郎太を従え丘の上に陣取った。柿色に染め抜いた陣羽織が曇天の空の下、緑の筑波の山を背に鮮やかに映えている。周りを下僕の丑松と竹槍を持った年寄り五名程が囲んだ。見張り松を背に山神神社の古びれた旗がなびいている。見張りの若者が勇気を奮い立たせようと丸太を打ち鳴らす鈍い響きが、丘の上から聞こえてきた。

逆への字の形に作られた柵の前の布陣は、道を跨いで右に重助、左に荘太郎、中央に荘介が立ち重助の右手に、菊次郎菊三郎の作並兄弟が並んで立ち、重助の後ろに宗一郎が控えた。その横に午之助の倅作之助が覆面にて顔を隠し、火消し装束に身を包み刀を長刀のように設えた四人の者達と控えた。黒太郎と烏、渡と呼ばれた猟師が、弓を持って少し下がって陣取った。左には藤間庸二郎が長槍を手に富沢彦三郎と並び立った。それぞれが小袴や野袴を着け、馬の皮を煮詰めて作った胴着や鎖帷子を着込み、皮の手甲脚絆、足下は皮足袋を履き、頭には半球の兜などで武装し持ち場に着いた。

二列目に弥五郎始め二十名ほどの村の若い衆や男どもが、長柄の草刈り鎌や鳶口を手に並び構えた。何処で手に入れたのか中には脇差しを差した者もいる。その後ろを助っ人の百姓どもが石つぶてを山のように積み上げ、竹槍を持った女どもを混じえて人垣を作った。崖上の木立の中には石つぶてを集め、年寄りと子供達を忍ばせた。総勢は百五十名を超えていた。皆が緊張のあまり口数が減った。弥五郎がしきりに若い衆を奮い立たせるように、田中隊の悪行をまくし立てている。

一刻ほどして、見張りの飛助達が駆け込んできた。侍らしき一団が街道を向かって来ると言う。武装した侍達の後に数個の荷駄が続き、人足を含めると頭数は、優に五十名を超えるという。半時足らずで、現れるに違いないと言った。丘の上に伝令が走り一気に緊張が漲った。

「皆の者、下知あるまで動いてはならぬ。むやみに仕掛けてはならぬ」

一同を見回し荘介が言った。

「陣形を崩してはならぬ。斬り合いになったら相手に一人で立ち向かってはならぬ。手筈通り相手を囲み仕留めるのだ。こちらは多勢だ、臆することはない。我らを残し、後の者は手筈通り山際に身を隠せ」重助が言った。重助達と村の若い衆を残して、助っ人の百姓や女どもが崖下や柴木の裏に身を隠した。
五、六人の先導隊に続き、二列に隊列を組み田中隊の浪士どもが道を進み来た。甲冑を打ち鳴らし武具の音を響かせ、威圧するように進んできた。馬止め柵の重助達に気づき、一瞬歩みを止めたがそのまま進み来た。総勢三十数名、先頭に槍を持つ者二人、様々な出で立ちで武装はしているが、くたびれ汚れた形《なり》は重助に京に上った時の浪士隊を思い出させた。重助が手をあげ合図した。隠れていた者達が奇声を上げ一斉に姿を見せた。浪士達は数に驚いたのか歩みを止め、刀の柄に手をやる者もいた。隊列を分け、一人の男が進み出た。荘介も前に進み出た。

その男が荘介に向かって言った。

「儂は田中源蔵と申す天狗の志士である。村々を回り尊皇攘夷の志熱き人々から、浄財を申し受けておるところでござる。かかる出迎えは、如何なる事か」

「おぬし、浄財を申し受けたいと申したが、その議は先刻、使いの者に既にお断り申し上げたはず。大挙して押しかけるとは、如何なる所業か」荘介が大声で応じた。

「我々は尊皇攘夷の大義に基づき、国の為、民百姓の為に挙兵した者である。世を乱す野伏せりがごとき扱いは、心外である」

田中源蔵が言い放った。

「おぬし、民百姓の為と申したが、栃木陣屋、真壁の宿に火を放ったは、民百姓の為と申すか」荘介の反撃に田中源蔵の言葉が詰まった。弥五郎が進み出て言った。

「嘘を言ってはならねえ。作田の村で庄屋の家から金品を巻き上げ、若い女中を手込めにし、堰を壊したではねえか」

「おめえらは家を焼き、婆様と年端もいかねえ女子《おなご》を焼き殺した。おらは見ていた。何が百姓の為か、嘘言うでねえ」飛助が怒鳴った。「そうだ。俺も見た」竜が言った。

「そうだ、そうだ。嘘つくでねえ」百姓達が口々に叫んだ。

「民を苦しめ、何が大義ぞ」荘介が言いはなった。田中源蔵が何やら言ったが百姓達の怒号にその声はかき消された。暫く睨み合った後、田中源蔵は踵を返した。浪士達が引き下がった。百姓達が歓声を上げ飛び上がり喜んだ。重助が百姓達の声を遮って言った。

「油断してはならぬ。戦はこれからぞ」

皆が静まりかえった。

「陣を乱すでない。持ち場に戻れ」

荘介が言った。その言葉が終わらぬうち後尾の十人ほどが振り返り、抜刀して向かってきた。重助は鞘を払い、剣を天に向かって突き上げた。宗一郎が重助に倣って抜刀した。それぞれが身構えた。百姓達は声を失い一部の者が後ずさりした。

「恐れることはない。持ち場を守れ」

重助が一喝した。重助の突き上げた刀を合図に丘の上から鐘が鳴り響いた。それを機に崖上の林から石つぶてが投げられた。しかし崖際が死角になり、木の枝に当たって思うように届かない。先頭の集団は怯まずそのまま向かってきた。重助は後ろを振り向き大声で怒鳴った。

「石を投げよ」助っ人の百姓達がありったけの石を投げた。重助達の頭越しに石つぶてが飛んで行き、田中隊の五、六名が引き下がった。石つぶてをかい潜って、二人の浪士が中央の荘介目がけて走り寄ってきた。一人が馬止め柵の丸太の間より槍を突き入れた。荘介が抜刀し構えながら後ろに下がった。一人が柵によじ登り越えようとした。

「黒太郎……」重助が短く叫んだ。三人の猟師が矢を放った。相手はその一本をはね除け、なおも柵を越えようとした。もう一本の矢が相手の頭上をかすめ、残りの矢が左腕に刺さり男は柵の向こう側に転がり落ちた。その男目がけて竹槍が突き出された。男は転がりながら後ろに下がった。突き込んでくる槍に藤間庸二郎の槍が応じている。藤間は荘介の前に立ち機をうかがっている。柵越しに仕掛けるなどの無駄な動きはしない。二名の浪士が右手に走り丘に向かってきた。迂回して柵を越えると重助は見た。作並菊次郎、菊三郎の兄弟が柵を乗り越え進み出た。作之助の四人の仲間が続いた。石つぶてに引き下がった浪士共が再び寄せてきた。黒太郎と烏と呼ばれた猟師が矢を放った。二人はそれぞれに二本の矢を次々に目にもとまらぬ早さで放った。先頭の一人の足に矢が刺さった。浪人共の動きが止まった。林の中から再び石つぶてが飛んだ。浪人共は傷ついた仲間を置いたまま逃げ去った。百姓達の叫び声が上がった。

崖伝いに柵を跳び越え、一人の浪人が転がり込んだ。転がり込むやいなや、素早く立ち上がり剣を抜いて低く構え突進してきた。

「行け、荘太郎！」荘介が短く下知した。一族の富沢彦三郎が早くも刃を交えている。荘太郎が富沢の加勢にまわった。二人が交互に打ち込んだ。百姓の気合いとも付かぬ怒号が加わった。柵の前では突き込んできた槍の柄を藤間の槍がたたき落とした。槍は地面に突き刺さった。藤間が槍の柄を総身の力を足に乗せて折った。男は右手にまわった。作之助が飛び出し四人の若い衆が長柄の草刈り鎌や棍棒、竹槍を手に後に続いた。弥五郎の声に槍の男が振り返り脇差しを抜いた。作之助が男の頭上を竹槍で襲った。竹槍は打ち返された。

「突け！　突くのじゃ。足を狙え」

重助が叫んだ。数本の竹槍が男の足を狙って突いた。男が怯んだところを二本の草刈り鎌が襲った。鎌は男の足を斬った。男は狂ったように脇差しを振り回した。男の肩口を棍棒が掠め、続いて竹槍が男の腹を突いた。男は来た道を転がるように逃げ出した。

若い衆が追いかけた。「深追いはならぬ。陣に戻れ！」重助が叫んだ。それでも弥五郎は男を追った。弥五郎は棍棒で男の背中を打ちすえた。男は路肩から水路に転がり落ちた。

藤間の槍が富沢と荘太郎に加勢した。三人でその男に立ち向かった。絶え間なく三人は仕掛けた。富沢と剣を交えていた男が疲れ、逃げ場を探すように動いた。三人は山際に男を追い込んだ。百姓達の怒号がそれを囲んで加わった。男が怯んだ隙に藤間の槍が男の足を払った。槍が男の左の膝に当たった。富沢が打ち込んだ。男は膝をついたがそれでも富沢の剣を跳ね返している。藤間の槍が男の頭上を襲った。男は受け止めた。藤間は力任せに何度も槍で男の頭上を襲った。叩きつける槍と受ける刀の激しい音が響いた。男の体勢が崩れたところを荘太郎が打ち込んだ。剣は男の肩口を斬った。間髪を入れず富沢が男の頭をたたき割った。男は奇妙な声を発した。血と脳漿が飛び散り男の躯が地に沈んだ。それを見て百姓達の怒号が一瞬やんだ。女達は目を背け後ずさりした。

丘の上に立って、庄三郎は眼下の戦いを見ていた。刀の柄を握りしめた手は汗ばんでいた。田中隊の大半は街道に向かって去った。木の上の見張りが手で合図した。浪士隊は街道を北に向かったらしい。眼下では斬り合いがまだ続いていた。弥五郎達若い衆も囲みに加わった。二人の男は切り離され、その一人を覆面の男達が追い詰めてゆく。間合いを詰めたところで三人が同時に長刀で斬り込んだ。背後の一人が男の足を切った。男はよろめきながら林に逃げ込んだ。四人の男が追って林に消えた。弥五郎と飛助が長柄の草刈り鎌を持って後に続いた。菊次郎、菊三郎兄弟がもう一人の男と対峙している。作之助が進み寄ったが男はちらりと一瞥しただけで動かない。菊三郎が仕掛けた。男は抜きざまに菊三郎の剣を払い返す刀で鋭く突いた。

菊三郎の剣がかろうじて男の剣先を払った。次に男は肩口に剣を構え直し、菊次郎に迫ってきた。菊次郎はまだ鞘を払ってない。男は間合いを詰めてきた。菊次郎は後に下がって間合いを取った。男は更に間合いを詰めてきた。長い斬り合いになりそうだった。男は場数を踏んでいる。無駄な動きが無い。二人の剣筋を見極めるように、ゆっくりと動いている。菊三郎が気合いと共に背後から迫ってきた。男は剣だけを後ろに突き出した。菊三郎の動きが止められた。菊次郎が僅かに躯を沈め、左手で静かに鞘を裏に返しながら間合いを計った。菊三郎が再び気合いと共に斬り込んだ。男が躯を僅かに回した瞬時に菊次郎が走り出た。

菊次郎の剣が鞘を離れ、剣は男の左顎を跳ね上げた。走り抜けた菊次郎が振り返った時、菊三郎の剣が男の右脇腹を深く貫いていた。刀が抜けない。菊三郎はそのまま男を押し倒し脇差しで首にとどめを刺した。

丘の上からは眼下の動きが手に取るように見えた。誰もが声も発せず目は斬り合いに釘付けになっていた。

勝負が見えてきた時「わーわー」突然後ろに控えていた丑松が叫んだ。真横の僅か五間ほど下の斜面に、抜き身を下げた男が迫っていた。その後に更に一人の男が斜面を駆け上がって来た。林の出口に更に一人の男の影が見えた。年寄り達は竹槍を持ったまま立ちすくんでいる。見張り役の若い衆が慌てて鐘を打ちならした。男が更に登ってきた。庄三郎は抜刀し傍らの孫の次郎衛門、三郎太に向かって「動くでない。後ろに控えよ」と言い残し丘の上で構えた。午之助が長柄の草刈り鎌を持って庄三郎の側で構えた。男が二間ほど間近に迫った時、丑松が男に竹槍を突きつけた。男は軽くいなし槍先を掴んで引いた。丑松は竹槍を取られまいと手元に引いた。男が手を離した。もんどり打って後ろに倒れた丑松の躯が斜面を滑り男の前に落ちていった。

「ひぇー」丑松が悲鳴を上げた。男は落ちてくる丑松の腹に刀を突き刺した。「ぎゃーあーあー」丑松が腹に刺さった剣を掴んだ。男が剣を抜いた。丑松の指が飛び散り血が吹き出た。男が更に丑松を突こうとした時、庄三郎が男目がけて剣をかざし飛び降りた。

顔を上げた男の額を庄三郎の剣が僅かに斬った。庄三郎はそのまま斜面の下に転がり落ちて、切り株にぶつかって止まった。男の額から血がしたたり落ちた。血が目に入ったらしく、男はしきりに目をぬぐっている。

「おのれー……」午之助が長柄の草刈り鎌を振り回し男に向かって行ったが、足下が滑り男には届かない。それでもかまわず振り回した。年寄り達が竹槍を投げたが、男の剣が巧みに跳ね上げた。

丑松の叫び声で重助は丘の上の異変に気づいた。

「宗一郎、黒太郎、丘に登れ」そう言うなり重助は駆けだした。荘介も異変に気がついた。

「荘太郎、後はおぬしに任せる。藤間、付いて参れ」そう言うなり走り出した。後に数人の若者が続いた。黒太郎と二人の猟師が素早い動きで重助を追い抜いて行った。宗一郎も重助を追い抜いて行った。重助は丘の中腹で西の斜面に迂回した。その下の斜面を菊次郎が同じ方向に向かって、重助を追い抜いていった。西の斜面に回り込んだ重助の目に二人の男が目に入った。丘の頂上付近に男が一人剣を振り回している。数本の竹槍が男の躯を突こうとしている。足下に血にまみれた男が躯を痙攣させ呻いている。更に下がった切り株の所に抜き身をかざした男が、地に刃を刺している。蹲る柿色の陣羽織が見えた。

（庄三郎様………）

「かー……」重助は大声を放った。重助が丘の上の男に迫ろうとした時「わー」と言う声と共に丘を転がり落ちた者がいた。庄三郎の孫の次郎衛門が、切り株の男目がけて斜面を走り降りていったが、足が滑って転がり切り株の男の前で動かなくなった。

「黒太郎、黒太郎」重助は大声で叫んだ。黒太郎とその仲間の猟師が切り株の男目がけて矢を放った。男は切り株の後ろに身を隠した。菊次郎が切り株の男目がけて走って行くのが見えた。藤間が上の男に向かって槍を突きつけた。重助は男に近づいた。荘介が上で構えている。男の顔面は血で真っ赤に染まっている。しきりに目をこすりながら闇雲に刀を振り回している。血が目に入っているらしい。藤間の槍が男を追いたて一撃が男の膝を突いた。男がよろめき刀を振り上げた。

重助の左が伸び男の脇の下をえぐった。男は崩れ落ち坂を転がっていった。午之助が切り株の男に向かって迫っていった。作之助が後を追った。午之助が次郎衛門に近づいた時、切り株の陰の男が剣を振り上げた。黒太郎が男の頭上に矢を放った。矢は外れ男は再び午之助に迫った。午之助は次郎衛門をかばい山刀を構えた。菊次郎が躍り出て抜きざまに斬りかかった。男の剣が飛んだ。男は斜面を転がり林に逃げた。菊次郎が男を追った。午之助と作之助、数人の若者が後を追った。

庄三郎は事切れていた。背骨が砕け柿色の陣羽織には血がにじんでいた。戦はまだ終わらなかった。村の若い衆が竹を並べた台の上に庄三郎の亡骸を乗せ屋敷に運んだ。女達が泣きながら後に続いた。

庄三郎は二度と声を発することは無かった。気絶していた孫の次郎衛門は息を吹き返したが総身に傷を負っていた。特に顔面の傷が痛々しく若い衆に担がれて屋敷に向かった。丑松は血にまみれ、空に突き上げた両腕は指が欠け、まだ血が滴り落ちていたが、やがてそのまの姿で動かなくなった。

手負いの男を追って林に分け入った覆面の男達が、一刻ほどして戻って来た。二人が手傷を負っていた。林の中で獣のような声が二度聞こえ、木立が弾ける乾いた音が響いた。暫くして菊次郎と午之助、作之助が戻ってきた。午之助も手傷を負っていた。全身に血吹雪を浴びていた。本隊は去ったが林の中に潜む敵の数が解らない。

荘介が庄三郎の亡骸と共に屋敷に戻った。後は重助が指揮を執った。街道筋に若い衆を走らせ本隊の行く先を探らせ、自らは丘の上に立ち指揮した。丘の上に年寄りや女どもに命じ石を集め、崖上の者達を丘の上に集結させせた。午之助が丑松の死骸と共に屋敷に引き下がった。足を滑らせ怪我をした者、手傷を負った者達十一名と年寄り女どもを屋敷に下がらせ、若い衆の一隊を街道の見張りに配して丘下の林に向けて陣を張った。

見張りが戻った。田中源蔵達は街道を北に向かい水戸領の小川の宿に向かったらしい。林の中の動きは見えない。

「黒太郎……」重助は黒太郎を呼んだ。

「解っておりやす。狩は任せておくんなせえ」黒太郎と烏が林の中に分け入った。暫く静寂が続いた。森の中では黒太郎達が巧みに狩をしていた。田中隊の手先になって集落の家に押し入っていた百姓が、三人の猟師の巧みな罠に狩られた。正午を過ぎた頃、黒太郎達が戻り戦は終わった。田中隊は去った。

重助達は夕刻に布陣を解いた。峰泊の集落には、いつもの平穏な夕暮れ時の情景が流れていたが、当主を失った柿崎の家にも村人の間にも悲しみが満ちていた。

（勝つには勝ったが、失ったものも多かった。残された三人の孫達は、この先どの様に柿崎

の家を守って行くのだろうか）

日暮れて梅雨のはしりの雨が、本降りになった。屋根を伝って落ちる雨音が疲れた神経を逆なでした。重助はまんじりともせず、雨に煙る見張り松の丘を見つめていた。

翌日、峰泊の里を辞した。田中隊が亀岡の郷に向かわぬとも限らぬ。亀岡を守らねばならぬ。重助達は帰りを急いだ。宗一郎と徳兵、二人の若者はいつになく無口である。後に続く荷物を背負った安もうつむき加減でひたすら歩いた。目の当たりに斬り合いを見たことが、人が死ぬ様を見たことが、三人を無口にした。

「宗一郎、斬り合いとはこういうものぞ。人が死ぬとは、こういうものぞ」

「………」

「百姓でも力を合わせれば武士に勝てる。地の利、臆せぬ心、冷徹な心が戦いを決する。相手の腕を見極め、勝機を摑む事じゃ」

「叔父上、あの者共は、何故戦に及んだのですか、何故同じ常陸の民百姓を敵とするのですか、私には解りませせぬ」

「宗一郎、やがてそなたにも解る時が来る。それもそう遠いことでは無い。今の世は変わる。俺はそう思っている」重助はそう答えて歩みを早めた。二人の若者は黙って重助の後に続いた。作並兄弟が飄々とした足取りでその前を歩いている。この戦いは二人の若者の心に、確とした考えを植え付けたに相違ない。重助はそう思った。

三

四月に筑波山を発った天狗党の本隊は、日光を目指した。何故日光を目指したのか、日光東照宮には家康公が眠っている。小四郎は挙兵の檄文の中で、家康公以来の鎖国の良法を奉じ外夷の侮《あなど》りを防ぐと述べている。東照宮に参詣することは、士気を高める為にも向かわねばならぬ地であった。一行の中には日光を占拠しようと言う者もいたが、小四郎は乱暴な行動は慎まねばならぬと諭した。

天狗が行くところ人は集まって来た。武士も商人も百姓も時代に閉塞感を感じていた。今の幕藩体制に疑問を感じ始めていた。人が集まることに小四郎の目論見があった。数は勢いである。人々の賛意の現れである。

一行は先頭に「従二位贈大納言源烈公」の旗印を掲げ騎馬武者を仕立て、総帥の田丸稲之衛門は長棒駕籠に乗り、槍鉄砲にて武装した者どもが続き、更に多くの荷駄の列が続いた。総勢は四百名を超えていた。神廟警護のため幕府直轄の日光奉行始め千名ほどの軍勢がいたが、宇都宮藩は争いを避け、穏便に一行を神廟に参拝出来るように計らった。宇都宮藩の中には天狗党の大義に賛同する者も出て、数名が脱藩して天狗党に加わった。

幕府は関東や東北の二十九藩に天狗党の取締を命じたが、まとまった行動は見られなかった。日光を辞した天狗党は太平山に向かった。太平山からは関東平野が一望でき筑波の峰も富士の山も見え、そこは軍略上の要害の地でもあった。六月の声を聞くまで、天狗党は山に留まった。総勢は九百名ほどに膨れあがっていたが、中にはまかないの女共や荷駄を運ぶ人足もいた。それでも八百名を超える武装集団になっていた。二百名ほどが名のある武士、郷士だった。人が集まるにつれて意見の違いも出てきた。

田中源蔵が率いる田中隊は尊皇反幕を鮮明にし、意見が通らぬと見るや袂を分った。勝手に天狗党を騙《かた》り真壁台、土浦、湖西地方の村々で金品を強奪していた。天狗党に対して悪評が立ち、それだけ敵が増えた。小四郎達は田中源蔵を除名にした。

この頃、将軍家茂から水戸藩主慶篤に天狗党討伐の厳命が下った。時同じくして水戸藩内の幕府派の諸生党六百名あまりが天狗党に対峙すべく決起し、幕府の討伐軍を併せて三千名を超える軍隊が、筑波山に戻った天狗党を囲んだ。

七月に入るや否や筑波山麓の一帯で戦線が開かれた。双方、鉄砲大砲を撃ち放ち歩兵が入り乱れた戦になった。山麓の村々に大砲の音が鳴り響き、民百姓は恐れおののき家に籠もった。亀岡のいねの郷にも大砲の音が聞こえてきたが重助はじめ一族は、不審者の侵入に備え集落の固めに努めていた。

初戦は数に勝る討伐軍が勝った。

日が暮れて討伐軍は下妻の宿に帰陣した。後詰めの兵を加えれば五千名を超える藩兵が寺を本陣に下妻一帯に布陣した。

討伐軍は初戦の勝利に浮かれ、酒を飲み夜半には多くの兵が泥酔していた。夜半、敵の本陣を四百名ほどの軍勢を二手に分けた天狗党が夜襲をかけた。集落に火が放たれ本陣の寺が炎上した。夜襲に驚いた討伐軍は、戦わずして逃げ去った。この日の戦いで傷つき或いは死んだ者、天狗党十五名、討伐軍は九十名を数えた。天狗党が分捕った戦利品は大砲十一門、鉄砲三百三十丁、槍二百本あまり、長く戦の無い世が続いたとはいえ、戦う気合いすら感じさせぬ武士の集団は、幕府の力そのものであった。

七月下旬、天狗党は筑波山を引き払い小川地方に向かい府中、潮来に分かれて分宿した。横浜で攘夷を図る。それが天狗党の次の目論見であった。

山麓の村々に暫し平穏な日々が戻った。梅雨空が遠く去って、日差しが夏の匂いを放っていた。

いねの里では夏野菜の収穫に百姓達が忙しく立ち働いていた。麦の秋が近かった。そんな日の午後、芹沢から忠次の子作介が重助を訪ねてきた。

「なに、兵部様が手傷を負ったと申すか」

「はい、下妻の戦で大砲の破片が左足にくいこみました。つい二日前に府中より戻りましたが、重い傷にございます」

「下妻の戦と申したが何れに与《くみ》したのか」

「天狗にございます。田植えが終わって間もなく当主様が亡くなりました」

「当主様が亡くなったと……知らなんだ」

「はい、当主様が亡くなって野辺送りが済んで間もなく、兵部様が日光に向かい、天狗党に加わったのでございます」

「……誰ぞ、兵部様を止める者はいなかったのか」

「年が明けてから水戸の道場の者とかが、頻繁に兵部様を訪ねて参りました。兵部様も足しげく城下に通い、何やら策していた様にございます。当主様が亡くなられたことで、心の縛りが外れたのかも知れませぬ。四十九日も待たずに家を出ました。誰も止めることなど出来ませなんだ。奥様にも出来ませなんだ」

「して、傷は重いと申したが……」

「一人では、用も足せぬ様にございます。足を切るようになるやも知れぬ、と医者が申しておりましたそうな」

「…………」

「兵部様はお一人で行かれたのか」

「平間の篠兵衛殿が従って参りました」

「篠兵衛が付いて行ったとなれば、八郎叔父も知っての上のことであろう。それにしても八郎叔父は、何故止めてくれなんだ」

「…………」

（俺は民百姓を守るため天狗党の輩と戦った。兵部殿も篠兵衛も天狗党に加わったとは……助次郎殿は水戸表の争いには、何れにも与してはならぬと言っていた。助次郎殿も又右衛門殿もお家大事の方である。間違っても天狗に与することはあるまい。芹澤の家も平間の家も敵味方に分かれてしまった。何という事だ）

「作介、兵部様が天狗に与していたなどと、口外してはならぬ。手傷を負ったことも隠さねばならぬ。力を合わせ本家を守らねばならぬ。一刻も早く駆けつけなければならぬところであるが、今の俺にはそれが出来ぬ」

「いね様も久衛門殿も、不安げにございます。本家の奥様は悲しんでおります」

「いねは達者か、久衛門は……」

「いね様はあれ以来、勝手元を仕切っております。兵部様のご息女がいね様に懐き、まるで親子の様であります。久衛門殿はまた一回りも大きくなったように見えます」

「そうか二人は息災か、いねに伝えてくれ。心を強く持って本家を支えるのじゃと、忠次殿に申してくれ、本家を守って欲しいと」

短夜の熱い夜気が重助を包んでいる。虫たちが星に向かって命の声を上げている。いねの顔が浮かんだ。忙しく立ち働くいねの姿が瞼に浮かんで刹那に消えた。

空には星が瞬き静寂の闇だが、重助は心が騒いで寝付かれなかった。夜明けが待ち遠しかった。

天狗党討伐軍が下妻の戦いに敗れたことに幕府は驚いた。即座に北関東諸藩に命じ、大規模な討伐軍を編成した。水戸藩内では諸生派が藩政を牛耳り、天狗党に味方する尊皇攘夷派の粛清に乗り出した。七十名あまりを捕え獄に投じ、その家族や疑いある者は、全て捕縛した。藤田小四郎が師と仰ぐ武田耕雲斉は、水戸に謹慎中であったが身の危険を感じ、江戸に向かった。耕雲斉の家族は捕らわれた。更に諸生派は天狗党に関わった家々の打ち毀しを命じた。江戸にいた藩主慶篤は、水戸表の動きに驚いたが、自ら動こうとはしなかった。一族の宍戸藩主松平頼徳を藩主目代として水戸表に使わし、藩内を鎮めようとした。

その頃幕府は西の京にあって、もう一つの戦を抱えていた。長州藩始め西国の雄藩の浪士達が京の町の治安を乱していた。公然と倒幕の動きを現した。六月の初め京では新撰組が長州や肥後熊本藩の勤皇の志士達十四人を池田屋で血祭りに上げた事件が起きていた。長州は京に兵を送り幕府はかろうじて長州軍を押さえ込んだ。

東にあっては二度目の討伐軍と天狗党の戦が、湖西地方の各所で戦端が開かれていた。一万三千余の討伐軍に押され、数で劣る天狗党は敗走し始めた。戦に巻き込まれ、宿が焼かれ民家も妓楼も商家も焼かれた。小隊に分断された天狗党は各地で戦いながら、水戸城を諸生派から奪還すべく、次第に水戸領内に集結していった。尊皇攘夷派の多くの同志とその家族が獄に投じられていた。大義の挙兵が、横浜で攘夷を図る目途は、水戸藩内の骨肉の争いへと変わっていった。郷士達の中にも郷足軽や猟師らと共に討伐隊に加わった者がいたが、重助やいねの兄亀岡宗衛門はじめ、一族の主だった者は穀物や草鞋、松明、軍夫調達のための手当金などは負担したが、何れにも与しなかった。八月に入ると水戸城下での戦が激しくなった。

四

八月の半ば、重助は筑波山麓にある平源寺に向かった。昔、平源寺は平間寺と書いた。平間家が芹澤家に従って常陸に移り住んだ時、共に移って来た。平間一族の菩提寺である。父九衛門が亡くなって早十六年になる。

　昨年の九月には継次（芹澤鴨）が京の空に昇って行った。そして青葉の頃に芹澤家の当主が亡くなった。何故か足が寺に向いた。

　山腹の寺までは夏草の生い茂り折れ曲がった坂を登り、石段を上った。木の間から眼下の里山の間に集落が見え、その先は平坦な土地が空に交わるまで続いている。平穏そのものの田園のそこかしこで戦が行われた。いや戦はまだ終わってない。目には見えぬ大義に心動かされ集まった者達が、それぞれの勝手な夢の実現に向かって命を賭けている。今の世がどうなるのか、その先にどんな世が来るのか解らぬ。武士の世は終わるやも知れぬ、そんな予感はするがまだ確信はない。

　境内に入ると焚き火の跡があった。鐘楼の側には櫓が組まれ、俄造りの小屋の中に竈が見えた。跡取りの慈円和尚が女衆を指図して客殿の後片付けをしていた。

「慈円様……」

　声をかけると居合わせた者達が一斉に振り向き、重助に警戒の目を向けた。薄茶色の木綿の着物に野袴を付け手甲脚絆の旅姿、しかも腰に帯刀し風通しが良いようにと袖をたくし上げ、腰紐でたすきがけに留めた姿が、村々を荒らしまわっている、不逞の浪人共に見えたらしい。おまけに髪は総髪で粗末な成りが、敗残兵にでも見えたに違いない。

「平間重助にござる」

「ああ、確かに重助どのじゃ。皆恐れることは無い。芹沢の平間様じゃ」

「大分物々しき様子にござるが、何事でござるか」

「昨日まで郷士様はじめ村の若衆が屯集しておりましてな。実は天狗の一派が押し寄せてくる故警戒せよ、とのお触れがありまして、この二月ほど陣を張っておりました。天狗共が北へ去ったとのことで、今しがた皆がそれぞれの村に帰ったところです」

「天狗党は水戸城下に入ったように聞いてござるが」

「天狗は小集団に分派し、中でも田中源蔵なる者が率いる者どもが、今でも狼藉を働くやに聞いております」

「奴らまだこの近くにおるのでござるか」

「十日ほど前、府中にて商家を焼いた後鹿島に向かったらしいのです」

「天狗討伐軍が南から寄せて、各地で天狗を打ち負かしておるやに聞いてござる。やがて戦も終わるに違いありませぬ。ところで、慈源和尚は健在でござるか」

「今日は疲れて庫裏で休んでおります」

寺を本陣に二月を超える屯集であったらしい。慈源和尚もさぞ疲れたことであろう。

慈源は庫裏にいた。

「重助殿か、いつ京から戻られた」

「昨年の秋にございます」

「継次殿に従い京に上ったことは、八郎殿から伺っていたが京はいかがでござったか」

「京は治安が乱れておりました。西国の諸藩の浪人共が京の町を我が物顔に闊歩し、幕府の権威を失墜させようと暗躍しておりました。容易ならぬ事態にございました」

「将軍様の警護の為に京に上ったと聞いていたが、お役目が済んだと言うことか」

「継次殿が亡くなりました」

「何と……して」

「寝込みを襲われ命を落とされました」

「あの剛の者が……拙僧は何時かこんなことになるのではないか、と思っていた。継次殿には死に急ぐ者の相があった」

「継次殿が亡くなり私の役目が終わりました。しかし私は追われる身になりました」

「解らぬな、何故じゃ」

「継次殿の死の真相を知ってしまったからです。芹沢を離れ、いねの里に隠れ棲んでおります」

「遠い京の出来事では無いか、それは幕府にも水戸表にもまずいことなのか、何を恐れているのじゃ」

「芹澤の家も平間の家も、私が世間に出ては災いが及びます。これは本家の方々も承知でございます」

「身を隠し世に棲むのは厳しきことぞ」

「名を変え隠れ棲むつもりにございます」

「名を変えるは容易いが、別人になるのは難しい。人はこの世に生まれ出た時より、様々なしがらみを引きずって生きておる。全てを捨てて生まれ変わる覚悟が無ければ別人になることはかなわぬ。重助殿にできるかな」

「私はあの時、共に死ねば良かったのかも知れませぬ」

「そのようには考えぬが良い。人には天から与えられた命がある。自分の思い通りには行かぬものよ。時が経つのを待たれよ。やがて幕府も水戸表も京の出来事など忘れ去るであろう。人の世は悪いことばかりは無い。ところで、天狗の騒動といい京の争い事といい、何か時代が妙な方向に転がり落ちて行くような気がするが、国中が戦になるのであろうか」

「幕府が力を失って参りました。おそらく戦乱の世になるのではないかと」

「重助殿、いつでも寺に参られよ。仏にすがり民の平穏を祈るのも一つの生き方じゃ」

松の木立の間から蝉の声が高鳴った。風が止み下界の平野が熱に霞んで、地と空の境が無くなった。

平源寺から山を下り二つの集落を通り三里ほど行った山間に木田淳之介の屋敷がある。叔母の由衣の嫁ぎ先である。息子の淳之介は林業を生業とするが笠間藩の資材を扱う役職を兼ねる郷士である。三十を過ぎて笠間の商家の娘を嫁に貰い六歳を頭に年子の三人の幼子がいる。

「重助殿、大変な役目にございましたなあ」

叔母の由衣は重助の今の境遇を知ってか、悲しげな顔で言葉少なく言った。重助は黙って頭を下げた。林業と山間の僅かな畑を耕し、自給自足の生活に等しい暮らしの中でも、叔母は品良く老いていた。年輪とともに人の心を思いやる慈愛の眼差しが、重助をやさしく包んだ。つれ合いは既に他界している。淳之介は叔母に似て、寡黙だが心根の優しい男であった。我慢強い男であった。もっとも木が育つには四十年の歳月を要する。自分の代に植えた木は次の世代が伐る。林業は気の長い仕事である。地味で静かな日々の暮らしであるが商家で育った嫁の時世は明るい女であった。

木田の家は平穏に暮らしていた。幼子の遊ぶ声が混じり郷《さと》の日々は外の戦とは別の世界で平穏の中に過ぎていた。

濁酒を飲んだ。僅かな酒であったが重助は久々に酔った。

明くる朝、重助が目覚めた時、陽は高く昇っていた。

淳之介は下僕頭の留を従え既に山に向かっていた。重助は身支度を調え庭に出た。釣瓶《つるべ》をたぐり井戸水を頭からかぶり、飲めるだけ飲んだ。山の冷たい水が重助の喉を通り抜け熱い体にしみ込んだ。下僕の娘なみが驚いたように重助を見ていた。長屋門の明け放った扉越しに、留の子の一平が長柄の鎌を器用に扱い、水路の草を刈っているのが見えた。

この時期、雑草の伸びは早い。草と百姓は戦いである。この戦に勝敗は無い。戦は秋風が吹き始める頃、自ずと終わる。

重助も長柄の鎌を持って一平に倣った。門の前に二間ほどの道を挟み田がある。重助と一平は水路を挟み、競って草を刈った。直に躯が汗ばんだ。一刻ほどして草刈りは終った。田の中程に柏の木が茂る平場があった。夏の陽は既に高く頭上にあり汗が背中を走り、むせるほどの草いきれが周りを包んでいる。見上げた空は青く高く、熱い日差しが重助を射す。汗が頭から額を滴り落ちた。柏の木の陰に身を寄せ重助は休んだ。一平も日差しに追われ木陰に逃げ込んできた。二人は競って草を刈ったが、一平は重助の器用な手元に驚いた様である。一平は躯は一人前だが、言葉が少し不自由である。ちらりちらり、と重助を盗み見る目に親しみが感じられた。二人は物言わず躯を休めていた。暫くすると一平が何かに気付き突然立ち上がった。長屋門に続く板塀の切れた辺りから、なみが転がり出てきた。何やら叫んでしきりに屋敷を指射している。何か変事が起こったらしい。

突然一平が鎌を持って門に向かって走った。重助も後に続いた。一平が長屋門を潜り屋敷うちに入ったと同時に、座敷の縁より飛び出て門に向かって走ってくる渡世人風の男の姿が目に入った。男は片手に荷物を持っている。

（盗人か……）重助は咄嗟にそう思った。

重助も一平に続いて屋敷内に駆け込んだ。二人の姿に驚いた男は荷物を投げ出した。黒紋付きの羽織が地に落ちた。一平は叫び声を上げ男に向かって行った。一平は刀を抜いた。一平は長柄の鎌を振り回し男に向かって行った。鎌と刀の打ち合う音がした。打ち合ううちに鎌がはずれた。一平は男に向かって鎌の柄を振り回し、立ち向かっていったが力余って転んだ。男が一平に斬りかかろうとした時、重助が鋭い声を発した。男は怯んだ。重助は長柄の鎌を男の足を狙って横に払った。鎌は男の膝頭を斬った。鈍い音がして男は悲鳴を上げて転がった。重助は男の腕を狙って鎌を振り下ろした。鎌の柄が男の右肩を打った。男は悲鳴をあげ転げ回った。

その時、座敷で幼子の悲鳴に続き泣き声が上がった。重助は男を捨て置き座敷に飛び込んだ。同時に抜き身を下げた浪人風の男が縁より庭に飛び出た。座敷に入ると仏間の戸襖が飛び散り、奥の座敷の襖が倒れている。畳に抜き身が突き刺さり、その向こうに叔母の由衣が倒れている。仏間の中で幼子をかばって淳之介の妻女が火箸を手に顔を引きつらせ、入り口に向かって構えている。その後ろで幼子の火が着いたような泣き声が続いている。叔母の由衣は微動だにしない。

庭に目をやると畑に逃げ込む浪人の姿が見えた。行く手に栗林がある。男の姿が栗林に消えた。畳に刺さった刀を抜き取り、重助は男を追って庭に飛び出した。一平も後を追ってきた。渡世人ふうの男が転がりながら門を出て行く姿が見えた。男は栗林に姿を隠した。重助は男を追って栗林に入ったが、男の姿が見えない。重助は栗林の中程で息を整えながら、男の気配を探った。

すぐ後ろで一平の荒い息遣いが聞こえる。一平の目は血走り、鍬を持つ手がふるえている。暫く辺りをうかがった後、重助は栗林の中に石を投げた。石は栗の木の幹に音を立てて跳ね返った。三度目に男の動く姿が見えた。重助は男を追った。栗林の外れで男に追いついた。男は刀を抜き重助に向かって構えた。

木綿のくたびれた着物に破れた立縞の袴を着け、伸びた月代と陽に焼けた髭面が、荒《すさ》んだ暮らしを思わせた。男は足に傷を負っていた。天狗の一味か食いつめ浪人か、それにしては構えた剣に精彩が無い。重助は男を挑発し走らせた。走らせ疲れさせ囲みに追いやって仕留める。重助の胸の中に勢子の本領が蘇った。

一平が男に向かって巧みに石を投げた。幾つかが男の躯に当たった。男は刀を振りかざしながら足を引きずって逃げた。その先に竹林が続いている。二間ほど竹林が切り開かれ鋭い切り口の活刃が目に入った。重助は竹林に男を追い込んだ。刀を正眼に構えじりじりと男を追い詰めた。後ろ伝いし、逃げようとする男の足を鋭い活刃が貫いた。一瞬男の顔が苦痛に歪んだ。男が躯を傾けた瞬間に重助の左の腕が伸び刃が男の胸骨の下を貫いた。手に確かな感覚が走った。重助は力を込めてねじり抜いた。男は悲鳴にならぬ声を発し後ろに倒れた。のけぞった男の背中に再び活刃が突き刺さった。男は起き上がろうとしたが、とどめは刺さなかった。

（苦しむがいい。苦しむだけ苦しんで果てるがいい）

男に打ちかかる一平を止め、重助は屋敷にとって返した。叔母の由衣は心の臓は動いているものの意識が無かった。二人の侵入者は山裾より屋敷に入ってきたらしい。

金品をせびり、男がいないと見ると座敷に上がり女子供を脅した。床の間の手文庫に手を付け金を奪った上に、妻女に目を付けた。嫁と幼子をかばって由衣は刀を振るったが、跳ね飛ばされた。座敷の異変になみが気付いて重助達の元に走った。なみの機転で事なきは得たが、由衣の意識は戻らなかった。なみの知らせで村人が集まってきた。暫くして淳之助達も山から戻り、皆が手分けして逃げた男を捜したが、男の姿は何処にも見えない。血の跡は水路で消えていた。

諦めかけた頃、犬が崖下で騒いだ。皆が茂みを囲み輪を縮めていった。木の下に血を流した足を抱えて渡世人ふうの男が蹲っていた。村人が棍棒や鎌を手に男を追い立てた。男は桑の畑に追い立てられた。男はわめき立てた。淳之介は静かに剣を抜き男に迫った。その背後から下僕頭の留が走り出て、男の頭を鉈で割った。留の後ろ姿越しに男の脳漿が飛び散った。暫し生臭い風が吹き、やがていつもの草いきれに戻った。村人が機敏に動き月が出る頃には後始末は終わった。

月明かりの中で留が水路に身を沈め、躯を冷やしている。重助も井戸に向かった。躯を冷やし気を静めた。暫く重助が釣瓶を手繰る音が続いた。叔母は翌日も、その翌日も目を醒まさなかった。四日後重助は木田家を辞した。

五

八月に入って酷暑の夏になった。水戸城下では天狗党と城を守る諸生派との戦が激しくなった。双方大砲を放っての戦いになった。

家が焼け人々は逃げまどい、城下は混乱の極みであった。江戸を発った藩主慶篤の目代宍戸藩主、松平頼徳は領内には入ったものの、水戸城に入ることを拒否された。理由は頼徳に付き添っている武田耕雲斉はじめ数名の尊皇攘夷の志士達の存在が、諸生派は気にくわんと言うことだった。

臣下が藩主の指名した藩主目代を拒否するなど前代未聞である。それでも単騎での入城なれば受け入れると言った。目代とはいえ徳川の家に繋がる一国一城の主である。一人で城に入るならば良し、というのは甚だ礼を欠いた対応である。結局頼徳は那珂湊に向かった。

水戸藩は藩主不在の混乱の中で天狗党との戦をしていた。幕府より追討軍の総監を任じられた田沼玄番頭が、道々天狗党を破りながら笠間を経て水戸に着いた。幕府が命じた天狗追討の軍は東北の二本松、棚倉、宇都宮を始め十二藩、総軍勢は五万人であるが指揮系統が整っていない。それぞれの藩は天狗党が領内を去れば深追いはしない。警戒と称して領内に留まってしまう奇妙な連合軍である。よって追討軍の実兵力は高々一万人である。それに対し天狗党は本隊が約千人である。幾つかの小隊に分かれて討伐軍の隙を突く。その上、袂を分った田中隊が何故か三百人にふくれ上り、勝手に行動していた。指揮系統が整っていないのは天狗党も同じであるが、戦法では天狗党が勝った。

両軍は八月末の五日間平磯台に近い部田野原で対峙した。双方が持てるだけの大砲、鉄砲を撃ち合ったが大規模な白兵戦にはならず、数に勝る追討軍が僅かに勝った。戦線は北に延び村松から助川まで及んだ。戦いは討伐軍が天狗党を次第に追い詰めて行った。

村松の地で藩主目代の頼徳はやっと幕軍と合流した。頼徳は江戸に戻ると言いだした。江戸に戻られては入城を拒否した事も、幕府軍のふがいない戦ぶりも江戸表の知るところとなる。諸生派も田沼玄蕃頭も、事と次第によっては咎めを受け、場合によっては叛徒となってしまう。彼らは頼徳の江戸帰参を封じ入城させ、体よく城に閉じこめた。

江戸表の政治が動き、頼徳の不甲斐なさを断じた。松平頼徳は水戸城内にて腹を切ることとなった。

その期に及んでも、江戸にあった藩主慶篤は何の動きも起さなかった。

慶喜は京や西国諸藩の動きに翻弄されていた。天狗党の動きは迷惑な存在だった。天狗党の挙兵に驚きはしたものの、己が生まれた水戸の地に懐郷の想いなど無かったのだ。

田中源蔵は健在であった。不思議なことにその後も田中隊には人が集まってきた。主義は尊皇倒幕である。家族が諸生派によって捕縛されていた。怒りが源蔵の躯の隅々に満ちていた。ごく僅かの側近は大義をわきまえていたが、田中隊の実態は郷村にて金品を強奪し狼藉を働く烏合の集団であった。常に蜜の味を求めて不逞の輩が集まってきた。天狗党と決別したが、反幕であるから討伐軍や諸生派とは戦った。石名坂で戦い助川で戦った。しかし田中隊は、討伐軍ではなく民百姓相手の戦いが次第に増えていった。

常陸国では田中源蔵の悪名は民百姓の間に広く知れ渡っていた。行く先々で郷村の民百姓が結束して田中隊に立ち向かった。やがて田中源蔵は常陸を追われ、磐城に逃げるはめになった。民百姓の為に立ち上がり天狗党に与した訳であったが、何処かで歯車が狂った。田中源蔵は最期まで、何故民百姓が立ち向かって来るのか理解できなかった。

結局、磐城で捕縛され首を落とされた。

十月を前に敗走した小四郎達天狗党は、大子に集結した。まだ八百余名が従っていた。

重助が亀岡のいねの里に戻って数日後、久衛門が急ぎ訪ねてきた。九月も半ばとなり皆が収穫に忙しく立ち働いていた。

「なに、打ち毀しと申すか」

「三日前水戸表より、諸生派と名乗る者どもが五人程で参りました。兵部様が天狗に与したとかで屋敷に押し入りました」

「して、兵部殿は如何なされた」

「諸生派がそのような振る舞いに及んでいる、と聞いておりましたので隠居所に移しておりました。不在で通しました故、大事にはなりませんでした」

「それだけか」

「彼らは座敷に土足で押し入り、床柱や鴨居を傷つけ戸襖《とぶすま》を壊して去りました。その中の一人に見覚えがある、と忠次殿が申しておりました。忠次殿の顔を見たその者が、同じ藩の郷士宅ぞ、と申し他の者の狼藉を途中で止めました。先導して座敷に入りましたのに妙な侍でした。奴らは何れ又、参上すると言い残して帰りました」

「兵部様の傷は如何か」

「足は斬らずに済みましたが、左足がよう動きませぬ」

「さぞ悔しい思いをしていることであろう。しかし兵部様が天狗に与したことが、何故解ったのであろうか」

「薬師も医師も出入りしました故、何処ぞで漏れたのかも知れませぬ」

「…………」久衛門の顔に精彩がない。何処か疲れている様に見えた。

「久衛門、そちの周りで何か変わったことは無かったか」

「母が私を……私を遠ざけます。それにあれ程母になついでおりました華様も遠ざけました。顔色が青白く、時より咳き込みます。吐きます。そしてそれを隠そうとします。先日吐いたものに血が混じっておりました。それを他の者に言ってはならぬ、ときつい顔で私に言いました」

「なに、血を吐いたのか、忙しく立ち働いているとは聞いていたが」

「奥様は貞幹様に引き続き、兵部様の看病に明け暮れております。最近めっきり老け込み痩せて顔に艶がありませぬ」

「久衛門、母を頼む。頼りはそなた一人ぞ」

（いねが血を吐いたとは……もしや労咳ではあるまいな）

重助の脳裏に不安が走った。兵部様と言いいねと言い、守って来たものが重助の手のひらから少しずつこぼれ落ちて行くような、そんな気がした。


十月上旬、大子に敗走した天狗党は態勢を整え、京を目指して進むことになった。武田耕雲斉が天狗党に加わり総大将となり、大軍師に山国兵部、本陣田丸稲之衛門、輔翼藤田小四郎、以下六隊の編成である。何故、京なのか、京には慶喜がいた。慶喜に会い挙兵の事由を述べ志を貫徹したい。慶喜ならば天狗の志を理解してくれるに違いない。それが理由であった。

討伐軍が迫ってきた。大子の月居峠で鉄砲に追われ数名が死傷した。一行は日光に向かうと見せかけ、黒羽藩の間道を抜け那須が原に向かった。一行の中には十名ほどの女も混じっていた。煮炊き洗濯の下働きにしては数が少なすぎる。覆面をして男共に付いてきたことから男に従って来たものか、或いは女といえども武器を持って戦った者か、定かでない。行く先々で小競り合いが起こった。騎馬、駕籠、荷駄に米味噌、大豆などの物資を積み村人足を頼み追討軍と戦いつつ彷徨《さまよ》い進む姿に、沿道の民百姓は恐れ身を隠した。

民百姓には天狗の大義は理解できなかった。日々の暮らしが平穏であれば、家族が無事であればそれで良かった。天狗党は鬼怒《きぬ》川を渡り太田宿を抜け神流《かんな》川を渡った。隊列を組み堂々と進んだ。幕府から天狗党追討の命が出ているにもかかわらず、道筋の諸藩は争いを避け、天狗党もまた城下を避け間道を抜けたので、大きな戦いにはならなかった。

高崎の下仁田で高崎藩が一行の行く手に立ちはだかった。銃砲を交えた激しい戦で双方に負傷者が出た。負傷者をその地に残し一行は更に信州路を下諏訪をめざし進んだ。

伊那路を通って上穂宿に至った頃には木曽駒ヶ岳の偉容は愁色に包まれていた。平地を抜け峠を越え川を渡り戦い、躯が震えるほどの風に追われ、それでも一行は京を目指して彷徨った。

時おり天から白い物が落ちてきた。冬が近かった。馬籠の宿では終日雪になった。村人たちは一行に驚き家財道具や若い女達を隠したが、中には天狗党に好意的な藩もあった。

尾張藩は一行を炊き出しで好意的に迎え軍資金まで供出した。美濃（岐阜）に入り木曽川を渡り尾張領内に入った。既に十二月にならんとしていた。あと二十五里ほど進めば琵琶湖の西、米原に着く筈である。

此処で藤田小四郎達は逡巡した。東海道を進むのが常道であるが、関ヶ原には彦根藩が待ちかまえているらしい。彦根藩相手に戦場の露と消える事も臆せず一戦交えるか、それとも戦を避け厳しき雪の峠の道を敦賀を経て京へ向かうべきか、評定を繰り返した。

一行の西上を密かに見ていた薩摩藩の西郷吉之助（隆盛）が密使を送ってきた。本道を堂々と歩むべし、と言って来たが小四郎は躊躇《ためら》った。

西国の雄藩の中に尊皇攘夷ではなく、尊皇反幕の動きが芽生えてきたことも薄々気づいていた。慶喜に会うのが目的である。

慶喜の立場を損ねる訳にはいかない。それにこれまでの道中数多くの戦や小競り合いを繰り返してきた。傷ついている者も多い。これ以上の戦は避けねばならぬ。それにここに来て落伍者が出てきた。十名ほどの者が分かれて長州を目指すと言った。尊皇攘夷の大義を貫徹するという。小四郎は止めなかった。迂回して敦賀へ行く道も寒風吹きまくる中での行軍になる。常陸の風はこれほど冷たくはない。それに雪も交じる。

小四郎も耕雲斉も迷いに迷った。二人は疲れ切っていた。結局天狗党は敦賀への道を取った。迂回して京に入る。そう決した。その時はまだ北国の雪の本当の恐ろしさに小四郎も気づかなかった。

軍資金を投入して歩人足を雇った。十門を超える大砲も所有している。一行はまだ七百名を超えていた。荷駄もそれなりに運ばねばならぬ。

追討軍の総帥田沼玄蕃頭は三日ほどの行程で水戸からずっと天狗党を追っている。しかし戦を仕掛けることは無い。天狗党の行く先を見届けているだけである。それには理由《わけ》があった。ここはもう関西である。江戸表の管轄では無い。京の警護を預かる慶喜や守護職の会津藩主松平容保の守備範囲である。

京では天狗党の動きをつぶさに監視していた。そして天狗党の大義は慶喜や容保には届いていなかった。西国の諸藩の動きが次第に倒幕の動きを鮮明に現してきた。天狗党の入京はそんな情勢の中、京の治安の為にならぬと京の幕閣は思っていた。

元治元年（一八六四）の師走に入っていた。慶喜は水戸藩、桑名藩兵を率いて琵琶湖の畔、大津に赴いた。天狗党の入京を阻止するためである。天狗党は既に敦賀に向けて雪中行軍に入っていた。雪の中の行軍は想像を絶した。人馬は雪と寒さに苦しみ、食料は底をつき、そして小四郎達の気力も萎えていた。

誰もが疲れ切っていた。

「武田先生、とうとう時の風は吹きませなんだ」

「いや小四郎殿、もう存分に吹いたわ。これほど多くの武士や民百姓が、我らに従って来たではないか。我らが想いはこの降る雪にも劣らず、白く浄《きよ》いものであるぞ。そなたにもこれまで見えなかったものが、見えてきた筈じゃ」

「先生、これで良いのでございますか」

「ああ、これで良い。小四郎殿、このくらいで良いのではないか……」

「…………」

天狗党は長い彷徨の末幕軍に降伏し、雪の敦賀で寂しく散って行った。

この事を知った常陸の国の人々は、再び驚き、恨み、そして哀れんだ。或者は天狗は時代に踊らされたと言い、或者は天狗は時代を憂い大義を胸に乱れ舞い、そして見事に散ったのだ、と言った。

六

秋の深まりとともに、常陸の国に静寂が戻ってきた。木々が色づき、朝夕の冷え込みがめっきり厳しくなった。波乱の年が残り僅かとなった頃、寒さとともに風が吹いてきた。例年になく強い筑波おろしが吹く日が続いた。

重助がいねの里、亀岡で暮らして一年が過ぎようとしていた。望郷の思いが募っていた。箱枕を抱きそっと匂いをかいでみた。いねの匂いが微かになっていた。不安な気持ちが湧いてきた。吹きすさぶ寒風の中で重助は一人悶々と眠れぬ夜を過ごした。風に追われ、その年は瞬く間に過ぎた。

明けて慶応元年（一九六五）暮れからの風はまだ続いていた。風を切って宗一郎が走った。重助も走った。峰泊の戦い以来宗一郎は重助に剣の指南を度々請うた。裏山の木立の合間を縫って二人の立ち合いは今日も続いている。体力では宗一郎にかなわない。重助は木立を盾に巧みに宗一郎の竹刀をかわすが宗一郎の上達は早い。いつにまにか追い詰められてしまう。徳兵衛が加わる時がある。そうなると重助の息は切れる。若いとはこれほど勢いがあるものなのか、重助は本気で立ち向かっている己に気付き、思わず苦笑する時がある。宗一郎の姿が久衛門に重なる時がある。そんな日の夜は無性に芹沢が恋しくなる。いねの病が気になる。

（この後も隠れて暮らさねばならぬのか、隠れねばならぬのは、己が過去のしがらみに囚われているからなのか。人が背負った役目とは何か、それは生涯続くのか、命は天より与えられたものと言うは真か……）

いねがいる。久衛門がいる。平間の家がある。家に繋がる多くの命がある。出口のない思考に重助は眠れぬ夜、一人闇に向かって風を斬った。

三月、吹きすさんでいた風が止んだ。重助は下僕の弥平、徳兵衛親子らと共に丘の上にいた。二年前に焼いた山には雑木が芽を出していた。去年の「子年のお騒ぎ」で手つかずになっていた。畑になる土地を選び開墾せねばたちまち元の丘に戻ってしまう。

麓を見た重助の目に丘を急ぎ登ってくる人影が見えた。

（久衛門ではないか）

それにしても大分急いでいる様子である。何か異変があったのか、重助は走り寄った。

「母上が……」

「なに、母に何かあったのか」

「母が亡くなりました」

「なに、いねが死んだと。久衛門……」

重助は言葉が続かなかった。見れば久衛門の袴の小裾が破れている。いや焦げている。

「久衛門、有り体に申せ、何があったのだ」久衛門の慟哭が止まらない。二人を山の静寂が包んだ。

「三日前、水戸表の者達が兵部様を捕え水戸に連れ去りました。翌日諸生派と名乗る者達が屋敷に押しかけました。寒い、寒いと言って勝手元の囲炉裏に沢山の木をくべたそうでございます。その上入り口の戸を開け放ったそうです。風に煽られ火が天井に燃え移り、家が火に包まれました。奴らはわざと火を付けたのです。私が駆けつけた時、火は座敷の小屋裏を突き抜け、屋根に燃え上がっておりました。母は隠居所におりました。私を遠ざけ、あんなに懐いていた華様を遠ざけ、血も吐いていたようでございます。この数日勝手元に顔を出すこともなく臥せっておりました。火が屋根まで上り手が付けられない程になりました。奥の座敷には奥様と華様がおりました。華様の泣き叫ぶ声が聞こえましたが、火の勢いが強く私は足が竦《すく》んでしまいました」

「それは仕方なきことだ」

「母が……母が火の中に飛び込みました。忠次殿が気づいて必至に止めたようにございますが、母は考えられぬ様な強い力で忠次殿を振り切り、火の中に飛び込んだようにございます」

「いねが火の中に飛び込んだのか」

「忠次殿がそう申しております」

久衛門の嗚咽が止まらない。

「それで……久衛門、しっかりせい」

「華様は火の中を縁より転げ出てきましたが、瞬く間に屋根が焼け落ち、私達は何もできませんでした」

「母は確かに火の中に飛び込んだのか」

「忠次殿がそう申しております。奥様と母の姿が何処にも見えませぬ」

「…………」

重助は言葉が出なかった。久衛門の慟哭は暫く続いた。重助は久衛門の背に手をやった。重助の手に久衛門の悲しみが伝わってきた。重助は芹沢の方角を見た。稜線の向こうに里山の風景が続き白い雲が見える。こみ上げてきた悲しみの思いに視界が霞んだ。二人の躯を丘の春風が無情に吹き渡って行った。

（いねが死んだ。そんな馬鹿な……）

重助には信じられなかった。

重助は芹沢に向かった。夜陰に紛れて焼け跡に立った。強風に煽られて火は燃え広がったらしく、母屋を焼き屋敷林まで広がり、板塀まで焼いていた。月明かりに焼け残った長屋門が異様な姿で浮かび上がっている。隠居所の離れと下僕小屋はかろうじて焼失を免れた。辺りにはまだきな臭さが漂い礎石があることで、屋敷の位置がかろうじて解った。火は床を焼き、地面をも焼いていた。

（いね、いね……）

やり場のない怒りが重助の胸をかきむしった。焼け跡に這い蹲っていねの姿を探した。手当たり次第に黒い残骸を掘った。両の手が爪の中まで黒ずみ両腕がしびれてきた。それでも躯の動く限り焼け跡を掘った。黒灰が舞い上がり重助に降りかかった。頬を伝わり落ちる涙も塵も拭わず、重助は狂ったように辺りを掘った。いねの痕跡は何処にも無かった。疲れ果て手を休めた重助の目の前にいねの姿が現れた。

（いね…）重助は走り寄った。いねの姿は重助を見下ろし、悲しげにほほえんで刹那に空へ上って行った。彼方の青黒い空がじっと重助を見ていた。冬の名残の風が炎を巻き上げ、いねを彼岸へと連れ去った。

重助はそう思った。

忠次は事の経緯《いきさつ》を語った。

「いね殿は労咳を患っていたようであった。儂も薄々感じていた。いね殿は命が長くないことを悟っていたようで、私には何度となく、久衛門殿を頼むと申しておった。つい二月前のことだがいね殿が着物を銀に替えて欲しい、と家内の加代に言ったそうだ。儂はその通りにせよと加代に言った。その銀を八郎殿に渡して久衛門を宜しく頼んで欲しい、といね殿は言ったそうだ。やがて自分の命が尽きることを、いね殿は知っていた。儂にはどうする術《すべ》もなかった」

「いねが患っていたことは、久衛門の話から感じておりましたが、病がそれほど進んでいるとは、思わなんだった」

「あの時、華様の泣き声を聞き、いね殿は華様を救わんと火の中に飛び込んで行った。華様はいね殿によう懐いておった。本当の親子のようであった。儂は必至でいね殿を止めたのだが、恐ろしい力で振り切って燃えさかる火の中へ飛び込んでしまった。止められなかった。……重助殿には………無念にござる」

忠次はそう言って床に崩れ落ちた。

「あの日は風が強く、火は瞬く間に広がり手の付けようがなかった。焼け跡を何度も探したが、二人の痕跡は何処にもなかった」

忠次も顔面に火傷を負い、髪が焦げ手も傷ついていた。布きれを巻いた頭巾の中から見える片眼が異様に光り、壁の一点を凝視している。

「奥様は臥せっておった。火に気づいた時には既に逃げ場が無かったのではないかと……幸い華様は縁より転がり出て参った。奥様は元々躯の弱い方だったが貞幹様に引き続き兵部様の看病ですっかり疲れていた。城下に生まれ苦労もなく育った奥様は、嫁いで以来苦労の連続だった。無念であったろう。可愛そうに、さぞかし苦しかったろう」

「確か奥様は水府の田所様の息女、と聞いていたが」

「ああ。兵部様の奥方がなかなか見つからず、貞幹様は気に病んでおった。貞幹様と田所様は水戸藩の軍事調練で何度か集まった中で付き合いがあった。儂も貞幹様の使いで何度か田所家に出向いた。奥様……蒔伊様がいつも茶を運んで参った。蒔伊様は確か兵部様よりお歳が一つ上と聞き及んでおった。世間で申す婚期は過ぎておった故、なんぞ訳でもあるに違いないと思っておった。儂がそれとなく聞き込んだ話では、蒔伊様には決められた相手がいたそうだが、その相手が婚儀を前に刃傷沙汰を起し、災いが家門に及んではならぬと出奔してしまったそうだ。その原因を作った者がおったそうで、その男は田所様の一族の田所喜一郎と申す男で、そ奴が蒔伊様に横恋慕しておったようだ。田所喜一郎は婿に出され、時伊様は嫁ぎ先を失ってしまった。二十歳を超えた頃であったと聞き申した。それ以来縁が遠のき家事に努めていたようであった。何度かお目にかかっているうちに儂は蒔伊様の人柄が良く解りもうした。私が貞幹様にそれとなく申し上げたところ、貞幹様が田所様に直談判して話は、あっという間にまとまった。城下の育ち故、農事は解らぬ。よしなに頼むと田所様から儂は直に言われた。それ以来、儂は蒔伊様も大事な主人と思って仕えてきた。庭の雑草一本たりとも触れさせせなかった」忠次は遠くを見やった。

「蒔絵様は細身で女にしては背が高く、目鼻立ちもくっきりとして、利発な方であった。目立つ姿とは裏腹に、もの静かな女《ひと》であった。只、躯が弱かった。二人は夫婦仲も良かった。兵部様は奥様をかばって無理は言わなかった。二人の子にも恵まれた。只、天狗に与することは奥様にも止められなかった。本家の血だ。重助殿、昨年本家が打ち毀しにあったのは聞き及んでいたと思うが……」

「伺っておりました」

「あの時は座敷に土足で上がり床柱を傷つけて帰った。その中の一人に見覚えがある。その奴は確か小川の郷士で郷田とか申す者だ。その時は狼藉を止めたが、その奴が門の所で諸生派の者どもの振る舞いを見ていた。火が出るのを見届けるといつの間にか奴らと共に消えた。その奴が怪しい。儂はその奴を探し出し口を割らせ、必ず二人の敵を討つ。妻も倅も郷に返した。儂には失う物なぞ何もない」

「………」

「重助殿、幸いなことに隠居所は焼け残った。いね殿が残した物を、そのままにしてある。お目通し頂きたい」

　忠次はそう言って咳き込んだ。苦しげな忠次の胸からひゅうひゅうという音が聞こえた。

「ところで兵部殿は如何なされているのだろうか」

「獄中の様子が全く解らぬ。分家の助次郎殿が水戸に戻られたらしい。何とか伝手を頼って兵部様の消息を知りたいのだが藩内は諸生派が牛耳っているらしい。天狗に与した家の者達は次々に獄に繋がれているらしい。消息を知ることは容易では無いが、儂は城下に潜み様子を探るつもりだ」

「忠次殿、兵部様には平間の籐兵衛が付いて行ったと聞いておりますが、籐兵衛は行く方不明とか」

「兵部殿が傷を負って芹沢に戻られた時、籐兵衛は兵部様の杖になって戻って来たが、その夜のうちに何処かへ去り申した。何処へ行ったのかは解らぬが、兵部殿から頂いた脇差しを押し抱いて出て行った」

離れの脇床の前に水戸黒の紋付きに大島の着物、桐の衣装箱には仙台平の袴が重助を待っていた。腰紐も細身の角帯も藍染めの手ぬぐいも添えられている。重助が亡父より受け継いだ物である。いねを迎えるとき母が重助の為に襦袢を縫ってくれた。重助はその紋付き袴でいねを迎えた。田植えが終わり蛙の声が聞こえ始めた頃だった。畔道を提灯の灯がゆらゆらと、光虫のように近づいてきた日を思い出した。長屋門を入ってくるいねの白無垢の姿が、かがり火に照らされた銀杏の大木の下を通り、近づいて来る姿が目に浮かんだ。正月には紋付き袴の正装で神社に詣で氏神、山神、そして井戸の神に酒と餅を供え、一年の平穏を祈った。紋付きを広げ袴をそろえ、いねは帰れぬ重助を待っていた。

死期が近いことを悟ったいねが何を思って調えたのか、重助は胸が張り裂けそうになった。ふと見ると仙台平の袴の上の薄黄色の美濃紙の包みが目に止まった。開けると焼け焦げた髪飾りの片割れがあった。いねのものに違いない。忠次が探してくれたのだ。重助の手元に残された只一つのいねの証を重助は見つめた。

己の不甲斐なさと、いねを奪った相手に対する怒りに重助の躯は震えた。

兵部の子兵馬と華は分家に引き取られ、久衛門は八郎宅に落ち着くことになった。

芹澤の本家が崩れた。芹澤一族の、そして平間一族の行く末はどうなるのか、重助の胸に不吉な予感が走った。

重助の家は音弥が守っていたが、主のない家は自然と寂れていた。部屋の空気は澱み、部屋の中から黴の臭いがした。いねとの暮らしが脳裏に浮かんだ。暗闇の奥から、いねが走り出てくるような気がした。

板戸を開けると、防風林の立木が青黒い空の下に黒い影になって並んで見えた。冷たい夜気が重助を次第に包み込んだ。

突然、怒りがこみ上げ重助は庭に飛び出した。見えぬなにかに向かって刀を抜いた。庭を走り抜け灌木を切り、叫んでなおも走った。重助の声が、刃が闇を斬り続けた。

疲れきるまで走った。重助は銀杏の老木に対峙した。皺荒れた太い幹に向かい力任せに刃を揮るった。

昔よりこの地に根付き、伐られても折られてもなお春には新芽を出し、秋には落陽に金色に色づく銀杏の木は、平間家の護り神であった。

（なぜ、いねを守ってくれなんだ）
重助は何度も銀杏の老木に刃を揮るった。鈍い音を立て老木が泣いた。刃も泣いた。
気がつくと水戸刀の先が折れていた。
重助は、跪《ひざまず》き天を仰ぎ見た。
欠けてゆくのか満ちていくのか、わからぬ青白い月が、重助の頭上にあった。
「俺は武士を捨てる」
重助は月に向かって吠えた。

第四部　筑波おろし

一

山の秋は早い。大気も風も白く、白露が朝陽に輝く日は幽気が肌を刺す。八十段の石段の落葉を掃き下ると、重助の朝の日課は終る。滅多に人が上り来ぬ石段ではあるがそれでも掃く。落ちてなお石にへばりつく落葉を丁寧に掃き下る。風の日は掃いた後から枯葉が舞い落ちる。秋の日差しの中で裏も表も見せて散ってゆく。まるで人の生涯のようだ。それ故、想いを込めて掃き下る。澄んだ大気が、肌を刺す寒気になり、やがて筑波おろしが吹き始め、暗い冬が来る。

石段を十段ほど掃き下った所で、寺の跡取りの慈円の朝の勤めが始まった。読経の声が本堂より流れてきた。寺男の守門が重助が掃き集めた落ち葉に火を付けると白い煙が地表を這うように境内を覆い始めた。石段の先は、くの字に曲がった下り坂が二曲り続いている。眼下の郷《さと》が朝靄の中に霞んで見える。朝餉のかまどの煙が低くたなびき、その先には小高い丘が幾重にも続き、地が空と交わる所に西湖と北湖があるはずだが霞んで見えない。

去年の春、遅咲きの山桜が里山を埋め尽くした頃、重助は平源寺に来た。くの字の坂を喘ぎながら上り、石段をやっとの思いで上りきって境内にたどり着いた。疲れきっていた重助を住職の慈源和尚は何も言わず迎え入れてくれた。

重助は眠った。明くる日も、その明くる日も泥のように眠った。気力が萎えていた。何も考えられなかった。そのまま朽ち果ててしまいそうだった。

新緑の季節が過ぎ梅雨に入っても、重助は客殿の濡れ縁に横臥し、軒より落ちる雨だれを見て過ごした。躯は徐々に癒えたが、心が動かなかった。時折雨だれの音が人の声に聞こえた。「おぬし、このまま朽ち果てて良いのか」と呟いてきたが、重助はじっと動かなかった。考えることに疲れ、生きることにも疲れていた。

「重助殿、何も考えることはない。心のなすがまま、命のなすがままに過ごすことじゃ」慈源和尚はそう言った。

梅雨が上がり強い日差しとともに虫の夏が来た。日の出から日暮れてもなお蝉が鳴いた。じりじり、と鳴いた。ある日、夕暮れに先祖の墓に詣でた。蜩《ひぐらし》が悲しげに、繰り返し繰り返し短い命を唱っていた。

「あなた様、何をしておりますのか」

突然女の声が聞こえてきた。

「あなた様、このまま朽ち果てては、なりませぬ。生き抜いてくださりませ」

その声は紛れもなく、いねの声だった。

突然蜩の声が止んだ。重助は我に返った。夜、虫の声がひと際大きく聞こえた。重助は箱枕を引き寄せ、そっと匂いをかいでみた。いねの匂いは消えていた。驚いて重助は箱枕を振ってみた。微かに物がふれ合う音がした。箱枕を開けると美濃紙に包まれたいねの髪飾りの片割れがあった。悲嘆の日々の中で心の片隅にしまい忘れていたが、いねの形見である。包みを戻し箱枕を傾けてみた。物のふれ合う、涼しげな音が微かに聞こえた。二度三度と傾けてみた。重助にはいねの声のように聞こえた。重助は箱枕を押し抱いた。夏草の中から鈴虫の声が聞こえ、次第に大きくなり重助を包みはじめた。重助は箱枕を抱いたまま眠りに落ちた。

夏が去って木の葉が色づき始めた頃、重助は境内を掃き清め、石段を掃きはじめた。

「ああ、これでよい。己の命が動け、と言っているのだ」慈源和尚はそう言った。

秋の豪雨で石段が崩れた。重助と守門で石段を築き直した。きつい仕事だった。慈円の読経を聞きながら石と向かい合い闘った。したたり落ちる汗とともに、次第に重助の躯から自責の念は薄らいでいった。

故郷は捨てた。だが、日に一度芹沢の方角に手を合わせる。芹沢には久衛門がいる。いねが眠っている。刀は芹沢の地に埋めてきた。代々の紋付袴は久衛門に託してきた。

武士は捨てた。だが、時おり心の奥底で疼くものがある。時に、癒されぬ痛みが走る。

平源寺の食客となって一年半が過ぎた。朝は己が日課と決めた仕事をこなし、昼は守門と供に寺下の畑に出る。時には慈円に従い、檀家回りの供をして笠間の城下を回った。そんな日々が続いた冬の間近な日、くの字の坂道を軽快な足取りで上ってくる者がいた。重助は畑の中から男の動きを見ていた。百姓ではない。商人でもなければ、下の集落の村人でもない。

(あの姿は飛脚の辰蔵ではないか)

その男は客殿の軒下で基壇に腰掛け、息を整えていた。

「辰蔵さんではないか」

重助が声をかけると、男が振り返った。

「平間様、やっとお会いできやした」辰蔵はそう言って、まじまじと重助を見た。重助の変わりように驚いた様子である。

「ずいぶんと探しやした。もう常陸の国にはおらぬのではないか、とさえ思いやした」

「俺は変わったであろう。街道筋ですれ違っても見分けは付かぬであろう」

「いや、お声はそのままでございやす」

勝手元の囲炉裏の火をはさんで、辰蔵と重助は久方ぶりに向かい合った。

「大分忙しく動きまわっているようだが……」

「京と江戸を往来しておりやす。時には水戸迄、足を伸ばしやす。ところで、助次郎様が水戸表に戻っておりやす」

「そのことは聞いておった」

「……桜の頃、芹澤の本家を訪ねやした。屋敷が焼け落ちておりやした。いね様のことも聞きやした。あっしは驚き助次郎様に申し上げやした。藩内の一部の跳ね上がりの者どもの仕業じゃ、儂は何もしてやれなかった、と助次郎様は申されやした。兵部様は獄中で本家が焼かれ、奥様が亡くなったことを知り怒りで食を断ったそうです。病み上がり故長くは持つまい、と助次郎様は申されやした。あっしは平間様を探しやした。平間八郎様の屋敷にも、いね様の里、亀岡にも参りやした。何れのお方も平間様は京にて行方不明、その一点張りでございやして、所在など一切知らぬ、とのことでありやした」

「助次郎殿は、まだ水戸表におるのか」

「殿のおそば近くに詰めておりやすそうで一時は天狗の後始末に追われておりやした」

「なに、天狗党の後始末と申したか」

「平間様はご存じ無かったのですか、天狗党は京を目指しやしたそうですが、あの年の暮れに、敦賀でお縄になりやした」

「なに、敦賀まで行ったのか、彼の地は雪深き所と聞いていた。冬には道も消えるという。多勢で、雪の峠を越えて行ったのか」

「へえ、半数は敦賀に至った様でありますが、中には加賀藩の兵に追われ、力尽きて命を落とした者もいた、と聞きやした。敦賀で捕縛され首を落とされた者、水戸に送られ獄に入れられた者もいたようでありやす」

「……そうか。ところで畿内や北国の人々の目に天狗党は、どの様に映ったのであろうか」

「親藩の水戸の浪士が、何故幕命に背き、大挙して京を窺うのか考えられぬ、と申しておりやした。諸藩も民百姓も関わりを避け、逃げ回るばかりであったと聞きやした。追討軍はただ遠巻きにして後を追うだけで、戦う気配もなく民に幕府の力のなさを見せつけたようで、堺の商人の中には尊皇攘夷だけでは異国に勝てぬ、所詮は武士の仲間内の争い事、と醒めた目で見ておる人もおりやした」

「彼らの大義は幕府にも、民にも通じなかった、ということなのだな」

「……主だった武士は切腹、または首を打たれたそうでありやす。水戸表はその家族や残党を厳しく処断せねば、幕府に申し訳が立たぬ、と考えたようで残党や味方した者の取締に厳しく当たっていたようです。芹澤の当主様は領内では名のある郷士でありやした故、あのような仕打ちに会われたのでは、と思いやす」

「まさか助次郎殿が、あの打ち毀しに荷担したのではあるまいな」

「いえ、滅相もありませぬ。芹澤の家を救おうと奔走したようですが、あのようなことになってしまった、と言っておりやした」

「藩内が二派に分かれ、憎しみ殺し合うとは、大義とは恐ろしきものよ。人の心に積もった悲しみや恨みが、やがて吹き出て事件を引き起こすに違いない。……この俺にも決して忘れられぬことがある」

「平間様、京のことでありやすが」

「京のことは疾《と》うに忘れたが、京で何事かあったのか」

「平間様が去った年の暮れに、野口様が腹を切らされました。隊規に反したとかで」

「なに、奴ら又あのようなことをしたのか、隊規など如何様にも使い分けできる。あの近藤勇という男は、己の保身と栄達の為なら意にそぐわぬ者は、隊規を引き合いに腹を切らせる。それでも上手く行かぬ時は刺客を放ち気に入らぬ相手を闇に葬る。しかも卑怯にも自らは手を下さぬ。あの時がそうだ」

「……新撰組はあの後、数日は平間様の行方を捜して動いた様ですが、京の中だけで終わったようでありやす」

「俺は何処かで斬られたものとして、闇に葬られた。それはいつ何処でも、見つけ次第斬り捨てて良い、と言うことなのだ。それも奴らのやり口だ」

「京は益々酷《ひど》いことになっておりやす。新撰組は洛内にて西国の浪人共を襲い、斬り殺すなど派手に動いておりやすが、京の一部にございやす。長州は幕府に敗れやしたが、西国の諸藩は幕府のやり方ではこの国は成り行かぬと、密かに異国と通じ武器を買い入れ、百姓や浪人共を、異国の軍に倣って調練しているそうでありやす。あっしら飛脚は藩の仕事だけをしているのではありゃんせん。大店の仕事も引き受けやす。商人は世の動きに敏《さと》いものです。奥州から江戸へ更に上方、西国へ船で商いをする商人は、上方の不穏な情勢を気にしておりやす。飛脚の仲間の話を聞けば西国の動きはそれとなくわかりやす。戦の臭いがすると、西国の商人達は申しておりやす」

「そちが平潟浦へ参るはそのようなことか」

「菊池様はあっしの親代わりでありますので時々足を伸ばしやすが、その折江戸や京の情勢もお話しいたしやす。もっともあっしより、諸国の情勢には明るい方でありやす」

「やがて戦になると申すのだな」

「……そんなことかと思いやす」

「いずれ西国の諸藩は手を組むという事態となり、国中が戦に巻き込まれるであろう」

「そんな気がいたしやす」

「国の形が変わるやも知れんのう」

「平間様は、この先もここに隠れて暮らしやすのか」

「それは俺にも解らぬ。俺は不器用な男だ。生まれてこの方、時には百姓、時には武士、そんな暮らしをしてきた。言うなれば半武士よ。だが武士は捨てた」

「あっしが口を挟むことにはありゃんせんが、ご子息は如何なされますのか」

「それが唯一気がかりじゃ。武士の世は終わるような気がする。さりとて、どの様な世になるのか俺には解らぬ」

「差し出がましいことですが、潮来に潮田屋という廻船問屋がありやす。主はもと結城領の郷士で潮田甚平と申すお方で、度量の深い方です。今は西湖の海運を仕切り江戸は元より奥州まで手広く商いを広げておりやす。平潟浦の菊池様とは別懇で、あっしも菊池様の用向きで何度もお目にかかっておりやす。この方にご子息を預けては如何かと思いやす。船乗りに、と言うことではありゃんせん。荷の手配から人足の差配などが出来る気骨のある若者はおらぬか、と申しておりやした。江戸や奥州はもとより、上方や西国を見て動いておりやす。あの方にご子息を託してはいかがかと……。これからは商人の時代になりやす。銭が物言う世になりやす。あっしはそう思いやす」

「野良仕事以外に、何も出来ぬ男ぞ」

「なに、安ずることはありゃんせん。きっと若さで己の道を切り開きやす」

久衛門は海が見たいと言っていた。異国の船が見たいとも言っていた。重助は辰蔵の熱意にほだされ、黙って頭を下げた。慶応二年の秋が間もなく終わろうとしていた。

守門が本堂前の庭木に鋏を入れている。その軽妙な手さばきの音を聞きながら、重助は久衛門が辰蔵の話に素直に応じたことに驚きを感じていた。この数年、自分や身の回りに起きた様々な出来事に、多感な少年は多くの事を学んだに違いない。主家の没落、母の死、隠れて生きねばならぬ父、自分一人ではどうしようもない境遇に焦りを感じ、そこから脱するすべを考えていたに相違ない。父を亡くし、一家の全てが重助の肩に掛かってきた日、気負いとともに一抹の不安を感じ眠れぬ夜を過ごした若き日が、重助の脳裏に浮かんだ。いねという伴侶を得、子を授かり平穏な暮らしが続くことを願って生きてきた。畑仕事に郷作業、そして村役人としての仕事を無難にこなし、凶作の年もあったが平穏に暮らしてきた。しかし四十を前にして、このままでは終わりたくない、という焦りが心の片隅に芽生えていた。そんな折、京に上って欲しいという申し出に、重助の男の心が揺れた。一度芹沢を離れてみたかった。江戸も京も見たかった。しかし突然京を追われ、世間の片隅に追いやられた。京への憧れはあの時捨てた。

鋤を刀に代え時には人も斬った。隠れ棲んで四年の歳月が過ぎた。揺れた心で過ごした日々であった。失なったものは多かった。

重助は久衛門が己の運命を切り拓こうと、意を決したことに安堵と不安と、男として少しばかりの羨望を感じた。多感な少年は時代の移ろいを、敏感に感じ取ったに違いない。

二

守門が刈込みに鋏を入れる音が聞こえてきた。つい先頃まで白や薄紅色の花を所狭しとつけていた躑躅《つつじ》の刈込みに、新芽が花の残滓を突き抜け伸びている。紫陽花の葉の緑が日に日に鮮やかになってきた。五月雨が大地を静かに包み込む頃には、紫や白い花を付けるに違いない。

守門は重助より五歳ほど年下と聞いた。元は植木職人であったらしい。生まれは金砂郷村で名を守弥といった。寺男になってから慈源和尚が守門と名付けた。腕の良い職人であったらしい。手広く仕事をしていた親方は娘を守門に嫁がせ、後を継がせようと思っていた矢先、兄弟子と諍いを起こした。親方の娘と守門の仲を兄弟子が嫉妬した。守門の家が貧しく、年貢が納められず貧しい水呑み百姓であることなど、あることないことを言いふらし、挙げ句のはてに娘の過去の過ちまであげつらって陰口をきいた。あまりの言いぐさに怒った守門は、兄弟子の右手の甲を鋏で貫いた。

仕事先の取りなしでその場は収まったが兄弟子の右手は利かなくなり、職人としての道がたたれた。仕事先で起こした揉め事で親方は師弟の縁を切らざるを得なかった。それでも守門の腕を買っていた親方は密かに守門を府中の職人に預けたが、離れた地であっても渡り職人の口から、揉め事で兄弟子を傷つけた事が漏れた。守門はその親方の所も去る羽目になった。その後慈源和尚に救われ寺男になった。十二年も前の事らしい。

守門は植木職人としての道を閉ざされた。

今では寺の庭だけが仕事場である。守門の鋏の音は日暮れまで続いた。

時々、寺には里の童達が集まってきた。慈円が書を慈円の母が折り紙や作法を教えた。その日も勝手場の板の間は童達で賑わっていた。百姓の子も職人の子もいた。両親が炭焼きで山に入り、幼い子だけで数日暮らす家もあった。多くは貧農の子供達である。勝手元を手伝うきくも、昔は寺に寄ってきた童の一人であった。母親はいない。炭焼きを生業とする父親が不在の間に母親はきくを置き去りにして行方をくらました。旅回りの一座が神社の境内でからくりを演じた翌日のことで、村人はその一座の若い男に唆《そその》かされた、と噂したが定かではない。

きくは二日の間捨て置かれた。三日目に一人で寺に来た。その間、小川の水を飲んでいただけで真っ直ぐ歩けぬほど衰弱していたという。

父親や村人が八方手を尽くして母親を捜したが見つからなかった。そのうち「神隠しに遭ったに違いない」そういう噂が流れた。やがてきくの母親は里の者の記憶からも消えた。ある日突然、人が消える話は度々あった。童も消えた。神隠しに遭った……そう思い親もやがて諦めた。きくは寺に預けられた。今は慈円の母を手伝い父親が山から帰る日は家に戻る。そんな暮らしをしている。

きくがおりんがいないと言う。おりんとは八つになる女の子である。おりんの家は水呑み百姓である。三年前母親はおりんと妹を連れて貞と言う今の父親と暮らすようになった。貞は野良仕事もせず若い頃から賭場に通っていた。僅かな田畑は賭博の借金のかたに富農に二束三文で買い取られ、今は小作人となって暮らしている。貞は今も懲りずに賭場通いを続けている。

母親は前のつれ合いに先立たれ田畑は兄弟にかすめ取られ家を追い出された。喰う為には男にすがらねばならなかった。母親はつい一月程前、子を産み、産後の回復が思うようでなく、まだ臥せっているという。

おりんは寺に来て食い物を持ち帰っていた。妹と母親に喰わせる為である。そのおりんの姿が見えぬ。母親もおりんは二日ほど前から姿が見えぬと言っているらしい。

「おりんが寺に来ぬなど、おらには考えられねえ。おりんが来ねば、おっかと妹が飢える。赤子もおる。おりんに何かあったとしか思えねえ」

「きく、貞はどうした」守門が聞いた。

「このところ家に寄りつかねえそうだ」

「おりんを探さねばなるまいが、まずは貞を見つけねばなんめえ」

「おっかが、貞は時々水車小屋に寝ていると言っていた。そこに行ってみべえ」

水車小屋の裏に廃材を打ち付けた、粗末な下屋があった。入り口を塞いだ破れた筵《むしろ》の奥に人の足らしきものが見えている。

「貞、中にいるのか」守門が声をかけたが返事がない。守門は筵をめくり中を見た。男が藁の中で眠っていた。傍らに一升徳利が転がり、腐りかけた葱の臭いがした。

「おい、貞……目をさまさんか」

「ふあ〜」貞は寝ぼけた声を出して藁の中に潜り込もうとした。守門が貞の足をつかみ小屋から引きずり出した。

「な、なにをしや〜がる」ろれつのまわらぬ声を出して貞は身をよじって逃げようとしたが守門はかまわず引きずり出した。貞の袂から銀が三枚転がり出た。守門は貞を引きずり回し畔の水路に蹴落した。

「わ、わわ〜何をするだ」貞が叫んだが守門はかまわず貞の髪を掴んで二度三度と水路の泥水に頭を沈めた。手足をばたつかせ叫び声を上げ、貞がやっと目を醒ました。

「おりんの姿が見えねえが、何処へ行った」

「おりんなら……寺でねえか」

「寺にはいねえ。家にもいねえ。おっかもこの二日家に戻ってねえ、と言っている」

「そう言われても、おらにはわからねえ」

　二人が寺に戻ると村人が集まっていた。誰もこの二日ほどおりんの姿を見てないという。村に流れ者が入ってきた様子もない。とりあえず上の集落と下の集落に手分けしておりんを探しに走った。貞も村人とともに下の集落に走った。陽が落ちて村人が寺に戻って来たがおりんは見つからなかった。貞は村人とともに下の集落に向かったが、寺には戻らなかった。次の日村人はおりんを探して山に分け入った。

昼頃、行商人風情の又蔵という男が寺に上がってきた。目がぎらつき、振る舞いが商人らしくない。男はおりんの母親の知り合いだと言った。その男は何をするでもなく上の集落を一回りした後、姿を消した。昼過ぎ山に入った者達が戻ってきた。守門もきくも疲れ切って戻ってきた。今日もおりんは見つからなかった。近在の村々に走った者も日暮れまでには戻ってきた。もう見つからないのではないかなどと言う声が聞こえだした。その日は皆疲れ切ってそれぞれに家に戻った。翌朝おりんの母親が乳飲み子を抱え、青白い顔をしながら喘ぎあえぎ上ってきた。後からおりんの妹が付いてきた。きくは飯をくれてやった。村人を前に貞が突然言い出した。

「おらあ、夢に見た。おりんが修験者に手を引かれて山の奥へ奥へ、と入って行くのを見た。社の前で姿が雲の中に消えた。見たこともねえでっけえ社だった。この世のものと思えねえ。その社は雲の上に建っていた。おりんは、神隠しに遭ったに違いねえ」

村人がざわめきだした。

「これだけ探してもみつからねえとは、神隠しに遭ったのかもしれねえな」誰かがそう言った。

村人をかき分けて一人の男が貞に近づいてきた。又蔵だ。その又蔵が突然貞に殴りかかった。貞は殴られ蹴られ地面に転がった。守門と重助が止めに入った。思ったより又蔵は力が強かった。二人がかりで又蔵を引き離した。又蔵の懐に匕首が見えた。堅気の者ではないと重助は思った。重助は又蔵の下腹に拳を打ち込んだ。又蔵はやっと静かになった。重助は又蔵を本殿の裏に引き込み、貞を殴ったわけを聞いた。又蔵はおりんの母親に小金を貸していた。額は積もり積もって三両になるという。貸し金が五両になったらおりんを預かり、何処かに奉公させる約束だと言った。

「神隠しと言って娘を隠すなんぞ、ゆるせねぇ」と又蔵はそう言った。

騒ぎを聞いて慈源和尚が顔を出した。貞は鼻血を出して呻いている。貞の話に村人の数人が山に向かった。つられて皆が後に続いて山に向かった。

「おりんの姿が見えなくなった日、貞は何処におった」貞の姿を横目に見ながら和尚が守門に聞いた。

「あいつは酒を食らって水車小屋の裏で寝ておりました。何度声をかけても目を醒さねえんで、水路の水をたっぷり飲ませてやりました。あいつは近頃おっかの所には寄りつかねえそうです。おりんの居場所を聞くと寺にいる筈だとぬかしました」

「母親は何しておった」

「赤子に乳を飲ませながら、青い顔して臥せっておりました」

「そうか、おりんがおらねば難儀をするのう。ところで貞は酒を飲んでたと言うはまことじゃな」

「へい、一升徳利が転がっておりました」

「ほう、豪勢じゃのう」

貞が和尚を見上げた。鼻血が止まらず額も腫れ上がってきた。

「おい貞よ、子が生まれたと言うに、お前は家にも寄りつかんとは困った奴だな。ご先祖様が泣いておるぞ」

それまで呻いていた貞が、目をむいて大声で怒鳴り返した。

「あの餓鬼は、俺の子じゃねえ」

貞の大声に赤子が泣き出した。おりんの母親が慌てて横を向いた。その顔が一層青ざめて見えた。きくが驚いて和尚を見た。

和尚は何も言わず庫裏に向かって歩いて行った。

「重助殿、困ったことじゃのう」

「和尚、大勢でこれまで探しても見つからぬとは不思議でござるな」

「守門、他に何か気づいたことはないか」

「和尚様、貞は銭を持っておりました。あっしが小屋から引きずり出した時、袂から確か銀が二枚、いや三枚転げ落ちました」

「ほう、それはまた金回りがよいのう。その銭はひょっとして……かも知れぬな」

和尚の言葉はよく聞き取れなかった。

「守門、すまぬがひとっ走り滝川の親分の所に行ってくれぬか」

「あの博徒の所ですか」

「ああ、そうだ。慈源の使いと言ってくれ。近頃、貞は賭場に顔を出したかどうか聞いてくれ。もし行っていたら、どのくらい負けたか聞いておくれ。幾ら勝ったかなぞ聞くことはない。あいつはこれまで勝ったためしが無いそうだ。哀れな男よ」

重助には慈源和尚が何を考えているのか、解らなかったが守門の話で、事の次第が徐々に読めてきた。

貞は三日前、おりんの姿が見えなくなった晩、賭場にいた。大金を懐にしていたらしく負けた銭は三両であった。その夜は親分の女が営む茶屋で呑み、店の女と何処かにしけ込んだ。女は貞はまだかなりの銭を持っていた、と言っていた。

守門の話を聞いた和尚が暫し考え込んだ。博打好きだが負けてばかりの男が大金を賭け、銭を払った。重助にもおおよその見当は付いたが、さてどうするかが解らぬ。暫し考え込んでいた慈源和尚が、重助と守門に独り言を言った。

「拙僧は神隠しなぞ信じぬが、時にはあっても良いのかも知れぬ。おりんを買い戻したくても銭は無し、さて、どうしたことか」

重助と守門は思案した。二人は連れだっておりんの家に出かけた。おりんの妹が小屋の前で一人遊びをしている。守門はきくが用意した竹皮にくるんだ飯を渡した。妹は家の裏に走っていった。家の中に誰かいるらしい。二人は顔を見合わせた。思った通りであった。守門が声をかけたが返事がない。赤子の泣く声が聞こえ人の気配もあるが出てこない。

「又蔵、中におるのは解っておる。出て参れ」重助が叫んだ。

暫くして板戸が開き、身繕いをしながら又蔵が顔を出した。開け放たれた戸からおりんの母親の裸の後姿が見えた。

重助は又蔵に、おりんは掠われたのではないかと言った。おりんを掠った奴らは江戸の妓楼の下働きにでも売るに違いない。まさか府中や潮来という訳にもいくまい、そこでは近すぎる。又蔵も「そうにちがいない。俺ならそうする」と口を滑らせた。掠われた子供達が西湖を船で江戸に送られて行く話は、聞いたことがあった。

女の子は妓楼に売られ、男の子は乞胸《ごうむね》稼業に売られ芸を仕込まれ、猿若、江戸漫才、からくりなどの一座に組み入れられ、大道や各家々の門口に立って芸を披露し、金銭を乞う生活に堕ちていった。船で西湖を行くことは人々の目から子を隠すには都合が良かった。また湖畔には人足の配りなどして上前をはねる者、荷を掠め取り横流しする者など、得体の知れぬ者達が集まる怪しげな集落があり人別帳に載らぬ者達が隠れ棲み、お上の目も届かなかった。

二人は巧みに又蔵をたきつけ、仲間に加えた。貞が急に金回りが良くなり、博打で三両も賭け負けたことは言わなかった。

又蔵は西湖の海運に詳しく、土地勘があるらしい。地回りや船宿にも伝手《つて》もあるらしくそれを自慢げに話をした。堅気の者ではないと見ていた重助は、此処は取りあえず又蔵の土地勘に頼るほかないと思った。又蔵はしきりに自慢話をした。言葉の端々にやくざな生活がかいま見えた。

三人は村人と反対に山を下って府中の宿を迂回し高浜に向かった。西湖の北端の入り江に湖面に面して幾つもの集落があった。集落を結ぶ道は狭く集落間の往来は、もっぱら船を用いているらしい。井関の集落を抜けたところに小さな川があり西湖に注いでいる。

その川岸に粗末な板張りの小屋が建ち並び、それぞれの小屋の前には川船が繋がれていた。この川筋に又蔵は目を付けた。日暮れにはまだ間があった。又蔵は二人を残し何処かへ出かけて行った。重助と守門は葦の生い茂る川岸に身を隠した。川を渡る風が葦の原を揺るがし生臭い泥の臭いがした。

川船が二艘、目の前を上流に向かって行った。漁夫らしい男が操る川舟は葦の原に消えて行った。守門は疲れて寝入ってしまった。重助はじっと川面を見ていた。年明けに西湖の畔で遊んだことがあった。久衛門と競って湖面に石を投げた。いねもいた。京から戻った時も西湖の畔の葦の中で、陽が落ちるのを待った。遠い日が浮かんできた。再び川面を渡る風に葦の原が揺れだした。重助も眠りに誘い込まれた。

守門の声で目が覚めた。陽は落ち月が昇っていた。又蔵が戻ってきた。器用に川船を操り上流より下ってきた。当りを付けてきたという。又蔵の口から酒の臭いがした。川が湖に注ぐ所に最近よそ者が出入りする小屋が、二軒連なってあるらしい。おりんが捕らわれているとすれば、そこに違いない、と又蔵は言った。三人は川を下った。又蔵は巧みに川船を操った。その小屋はすぐに見つかった。対岸に船を着け三人は朽ちた漁師小屋に身を潜め小屋を見張った。人がいる気配がない。

「おい又蔵、此処に間違いあるまいな」

守門が苛立って言った。又蔵は答えず守門を睨み返した。小屋の前に川船が一艘泊めてある。三人は無言で小屋を見ていた。

一刻ほどして船が一艘湖より川を上ってきた。又蔵が腰を浮かした。川船は小屋の前で止まり男が二人小屋に入って行った。間もなくして小屋の一つに微かな明かりが点いた。三人は小屋を遠巻きにして様子を窺った。男達は酒を飲み始めたらしく、声が次第に大きくなってきた。

守門が破れた板壁の隙間から小屋の中を盗み見た。男が二人、酒を飲んでいる。奥の暗がりに動くものが見えた。男の一人が奥の暗がりから何かを引きずり出してきた。若い女だった。男達は女を侍らせ酒を呑み続けた。

やがて一人が小屋から出てきて川縁に向かって立った。用を足すらしい。重助は長柄を持って男に近づき腰を思い切り打った。男は悲鳴を上げて川に転がり落ちた。ごつんという音に続いて大きな水音が上がった。川船が激しく揺れている。男は落ちながら川船に激突したらしい。黒い川が渦巻いた。男の姿は泥の中に沈み黒い泡が浮いてきた。

小屋の中の声が鎮まり、男が顔を出した。又蔵が走り出た。男は又蔵の姿に驚き小屋の中に戻った。又蔵は匕首を取り出し小屋に飛び込んだ。守門が続いた。ものが崩れる音と女の悲鳴が聞こえ、男の怒号が聞こえた。

重助は辺りを窺いながら戸口で長柄を構えていた。男が飛び出てきた。腕に傷を負っていた。又蔵が男を追って飛び出し、匕首を構え男に迫った。男は重助の姿に驚き葦の原に逃げ込んだ。又蔵は男を追って行った。暫くして葦の中で鋭い悲鳴が上がった。若い女が小屋から転がり出てきた。女は葦の原に向かって逃げようとした。重助が止めたが女は葦の茂みの中に消えた。守門が女の子を背負って出てきた。おりんだという。おりんは後手に縛られていたという。衰弱して歩くことも出来ない。又蔵が戻ってきた。激しく息をしている。顔に返り血を浴びていた。生臭い血の臭いと酒と汗の臭いがした。

「顔見知りの三下だった。顔を見られては、殺らねえ訳にはいかなかった」

又蔵はそう言った。

守門がおりんを担ぎ三人の男は川船で西湖を横切って、対岸の平山の集落に向かった。川の中程で僅かな風に船は揺れた。又蔵が艪《ろ》をこぎ守門が舳先《へさき》で竿を使った。重助はおりんを膝に船縁に摑まって揺れに耐えた。時々黒い湖面に吸い込まれそうな気がした。

月の道を横切り、しぶきに濡れながらようやく対岸の平山の浜に着いた。岸辺に船を乗り上げ守門がおりんを負ぶって降りた。おりんはまだ動けない。重助が続いて降りた。

又蔵が舳先に寄り降りようとした時、守門と重助が川船を思い切り揺すった。又蔵は水しぶきを上げ浅瀬に投げ出された。岸に上がろうとしたが足下が水底の泥に取られて藻掻いた。守門が飛び込み馬乗りになって又蔵の頭を水面に押しつけた。又蔵は手足をばたつかせ藻掻いた。守門はその背中に拳を振るった。そのたびに黒い水が飛び散った。守門の躯が水面に見え隠れした。暫くして水音が消え、又蔵は動かなくなった。重助は振り上げた守門の手の中に植木鋏が握られているのを見た。

二人は又蔵を沖に流した。又蔵の泥に塗れた躯は闇に吸い込まれて消えた。守門も泥まみれだった。暫し月が雲間に隠れた。重助には月が目を覆ったように思えた。

船は西湖に流した。船は静かに闇の中に消えていった。

二人は交互におりんを担ぎ巴川の上流に向かって走った。牛堤の滝の下で躯を休めた。汗が頭から流れ落ち、着物が肌にへばりついていた。守門が滝の淵に身を沈め躯を洗っている。重助も守門に倣った。冷たい滝の水に躯が徐々に正気を取り戻した。守門は物言わず躯の火照りを鎮めている。重助は突然やりきれぬ気持ちになって水に頭を沈めた。息が苦しくなるまで潜った。水面に顔を出した重助の頭上に異様に青い月が出ていた。

「守門、後の事は俺に任せてくれ」

守門は黙ってうなずいた。気を失っていたおりんがようやく気づいた。夜半に牛堤の村を抜け筑波の山麓を北に向い、夜が白み出した頃、木田淳之介の屋敷に着いた。

下僕の一平が飛んできた。淳之介は城下に出向いて不在だった。重助は下僕頭の留に子細を話した。おりんは山小屋に匿って貰うことになった。叔母の由衣は亡くなっていた。あの事があって一月後、意識が戻らぬまま逝った。重助は叔母の墓前で手を合わせ、一平に見送られ木田邸を後にした。

守門はその日、町人髷を落し頭を丸めた。

「もう職人には戻れぬ」と言った。

重助は守門を暫し山小屋に残すことにした。

昨夜守門は滝壺に懐の鋏を投げ入れた。道具は職人の躯の一部である。職人の魂が籠もっている。人を殺《あや》めるものではない。そのことは守門自身が良く解っている。守門は躊躇いもなく鋏を滝壺に投げ入れた。重助はその様子を密かに見ていた。鋏は音もなく弧を描いて闇の中に消えて行った。

「まさに神隠しじゃ」慈源和尚は重助の話にそう言った。「貞はやがて身を滅ぼすじゃろ、おりんの母親はまた男を見つけるじゃろ、男は又蔵だけではなさそうだ。男と女のことは拙僧にも何ともならぬ。なるようになるだけじゃ」そう言った。

重助は又蔵を始末した顚末は話さなかった。おりんの妹は寺に引き取られ、きくが面倒を見ることになった。十日後守門が戻り、またいつもの寺の暮らしが始まった。

三

里の暮らしは季節に追われて過ぎる。百姓は秋の農事に追われていた。おりんの事は忘れられ、村人の口にも上らなくなった。

その年慶応三年（一八六七）十月半ば、家康公以来二百六十余年続いてきた国の体制が動いた。征夷大将軍徳川慶喜が政治の実権を朝廷に奉還する上表を提出した。村々の民の間にもこの噂は瞬く間に飛び火して、国中に広がった。

「和尚様、将軍様が実権を帝に譲り渡すと聞きましたが、常陸国はどうなるのですか、我々の暮らしはどうなるのでしょうか」

「守門、国がどうなるか解らぬのに、常陸国がどうなるかなど解らぬ。只、民の暮らしが急に変わるとは思えぬ。それより拙僧は明日の天気が気になるだけじゃ。凶作の年にならねば良いがのう」

「和尚様、民百姓が妙に浮かれております。何か良いきざしでもあるのでしょうか」

「何もあるはずがない。集まりて不安な気持ちを紛らわせているだけじゃ。守門、騒ぐまいぞ。浮かれてはならぬ。しかと目を開け世の移ろいを見ることじゃ」

噂とともに西国より北上してきたものがあった。唄や囃子に合わせ、〝ええじゃないか、ええじゃないか〟と言う陽気なかけ声に続き、怪しげな囃子唄《はやしうた》が続く、時には卑猥なじゃれ唄が続き、また〝ええじゃないか、ええじゃないか〟と終わりのない唄が延々と続く。

その節には日々の暮らしの中で満たされぬ欲望と、変わりゆく世の中への不安を払拭するような、或いは長年押しつけられてきた規律や道徳を打ち壊そうとする、野蛮な響きがあった。城下では老若男女が通りを狂ったように踊りまくった。押さえつけられていた民の心が爆発した。

笠間の城下に俵屋半兵衛という男がいた。米問屋の傍ら金貸しを営むこの男は普段は目立たず、贅沢を見せず密かに金を蓄え、実の息子や娘より若い女を後添いに迎え家に押し込め、子供達には倹約を口うるさく言う一方で、当人はしばしば笠間を離れ、城下での顔とは違って、湯治に神詣でに更に妓楼で遊興三昧の暮らしをしていた。半兵衛の留守にこの騒ぎに乗じ、実の息子が若い後添えと、娘が若い男と駆け落ちした。しかも金貸しの証文と有り金を持てるだけ持って逃げ出し、倉の穀物も踊り狂う民百姓に全て振る舞ってしまった。若者達を縛りつけていた鎖が、ええじゃないかの囃子唄とともに外れてしまった。半兵衛は無一文になってしまい、お上にも訴え出たが、何処も取りあってくれなかった。役人も誰もが我が身の行く末だけを考えていた。古い時代の約定や刑罰など新しい世には、何れ反古になるものと誰もが思っていた。

これに限らず、民は随所で奔放に振る舞う様相を見せた。家を飛び出し踊り狂う男と女の間で予期せぬ出会いもあって、暫し不倫の噂話も巷に広まった。下級武士の家の男も女も町人姿に身を変え、破れかぶれで踊り狂っていたらしい。それらはあながち根も葉もない噂では無く、実の話であった。

〝ええじゃないか〟はいつ果てるともなく続き、村々を席巻し北上していった。

暫しの間、暖かな風が吹いてくるかのように思えたが、それはやがて冷たい風の前兆であることを人々は知った。西より戦の匂いがしてきた。

十二月に入って間もなく朝廷は王政復古の大号令を発した。徳川家が一大名になり、国は三百余りの大小の藩に分裂する事態になった。それで事態は収まるかに見えたが、大藩の徳川家がそのまま存在するのは、後々の国の統治体制に支障が生じると考えた長州や薩摩、西国の諸藩が朝廷に働きかけ、戦が始まった。

明けて慶応四年正月早々、鳥羽伏見の戦いで戦端が切られ、銃火器を豊富に揃えた洋式軍隊の討幕軍に対し、甲冑陣羽織に弓、刀と僅かの砲で立ち向かった幕軍は敗れた。その頃、徳川家の私財は底をついていた。主従関係で従うだけの幕府の諸藩も財政に窮していた。それに反し西国の諸藩は外国との交易で富を蓄えていた。二百有余年の長きにわたって幾多の改革は試みたものの、明確な律令制度の確立を果たせなかった徳川幕府は、財政力で既に西国諸藩に敗れていた。

大坂城にいた徳川慶喜は、会津藩主松平容保とともに海路で江戸に逃げ帰った。慶喜は自ら謹慎と称して、上野大慈院に籠もってしまった。慶喜は逆臣となることを恐れ、また彼の冷徹な頭脳は、徳川幕府の統治と財政の仕組みの欠陥を見抜いていた。世の中の流れも見抜いていた。慶喜は徳川家と我が身の保身をひたすら願った。

この年、水戸では藩主慶篤が没した。

薩長を中心とする新政府軍が江戸に攻め下ってきた。

「江戸の街で戦が始まる。江戸が火の海になる。江戸から人々が続々逃げ出しているそうだ」そんな噂が山麓の寺にも伝わって来た。前年の暮れ、江戸の街で大火があった。京橋と新橋の一帯が焼け野原となった。江戸は火事が多かった。江戸の人々は何よりも火を恐れていた。

常陸の国でも諸藩がそれぞれの思惑で揺れ動き、特に水戸藩内の諸生派は藩主慶篤を失い幕府の後ろ盾を失い、再び混乱し始めた。

江戸では上野の辺りで戦はあったものの、四月上旬、江戸城は無血開城となった。江戸は火の海を免れた。

慶喜は江戸開城を前に江戸を脱して、水戸の弘道館に謹慎の身を寄せた。

この年の九月、年号が明治となった。戦は会津、北越戦争へと続き更に明治二年五月の箱館五稜郭での戦が終わるまで続いた。幕府軍は新政府軍に敗れた。この年慶喜は謹慎を解かれ水戸を去り駿府（静岡）に移った。

天狗党の身内の者達は慶篤や慶喜を恨み、諸生派を恨んでいた。戦の中で領内を手始めに密かに天狗党の遺族達の復讐が始まった。ある者は新政府軍に身を投じ会津や越後で幕府軍と戦い親族の恨みを晴らした。

武田金治郎という者がいた。敦賀で首を斬られた天狗党の武田耕雲斉の孫に当たるこの者は、斬首を免れ小浜藩に預けられていた。遠島という仕置きであったが、仕置きを解かれ新政府軍に加わった。生き残りの郎党六十名を引き連れ会津戦争に参加し、その後諸生派の残党を追って越後で戦い、なおも逃げ帰り水戸の弘道館に籠もった残党を討ち果たしたという。金治郎はこの戦に絡めて復讐を果たし、やがて新政府軍に仕えた。


この戦の間に重助の周りも様々な出来事があった。

芹澤の家では芹澤助次郎が幕府軍に加わり諸生派と共に会津に向かい、行方不明になった。会津の壮絶な戦いで生き残り、越後にて戦い亡くなった、と言う者がいたが定かでない。

助次郎は藩主慶篤の側に仕え、藩主亡き後も主命に殉じた。己の意志とは別に、いつしか水戸藩諸生派の体制に組み込まれていた。

芹澤又右衛門は京を追われ水戸に戻る道中中津川の宿にて病死した。臨終の際に、「もう一度、千波の白い梅の花が見たい」と言ったという。

平間の家では八郎が没し、長子の七郎次が新政府軍に加わり会津にて幕府軍と戦い負傷し、帰郷後その時の傷が元で亡くなった。

天狗党に加わった芹澤兵部の従者平間籐兵衛は岐阜で天狗党の本隊と別れ苦難の道中の果てに長州に至り、官軍の小隊長として平潟浦に上陸、岩城の浜にて戦い、会津の戦に参戦、転戦を重ね箱館にて最期の戦いに加わりそのまま蝦夷の地に留まり、新政府の武官になった報せもあった。

いつの事であった定かでないが、芹澤の本家の屋敷跡にだんぶくろの官軍の制服に朱色の獅子髪の馬上姿の若者が、朽ち果て草の生い茂る中に佇み、合掌し暫くその場を動かなかったという。やがて若者は馬上にて抜刀し部下の歩兵に命じ、水戸の方角に向け空に銃を数十発放たせた後、屋敷内を一巡して北の方角に去ったという。

その様があまりにも壮絶で、怒りに身を震わせていたので、話を聞いた芹澤家ゆかりの者達が「あれは兵部様の郎党の籐兵衛に違いない。水戸に向かって鉄砲を打ち放ち、兵部様の敵を討つ、と誓ったに違いない」と噂した。

この話を伝えに来た下僕の音弥も間もなく芹沢の地を去った。「久衛門様が去った今、私の役目は終わりました」音弥は伝手を頼って郷里の那須に去って行った。

明治四年の廃藩置県で二百六十余の藩は三府七十二県となった。常陸の国は大きな戦は免れた。この間、民の暮らしに混乱はあったが、年貢や畑租は支配者が変わっても、これまで通りに取り立てられた。兵糧や馬や荷駄を運ぶ人足の徴用もあった。新しき世になった筈であるにもかかわらず、民百姓の暮らしは苦しいことに変わりはなかった。新政府は幕府の制度を変えようとしていたが、まだ津々浦々に支配は及ばなかった。それでも徐々に中央集権の制度を進めていった。僅かずつ国税の考えが導入されてきたが、戸籍制度の確立はまだ遠く、無宿者や市井のその日暮らしの者は、依然として租税を逃れていた。だが、商人や家作を有し田畑を所有する者には税の圧迫感が増してきた。不公平な世の中は依然として続いていた。

日常の中で変わったことと言えば、民百姓のささやかな楽しみであった三河万歳や田舎歌舞伎、神楽等の俄の技芸に対するお上の統制がゆるみ、盛んになったことぐらいであった。

国中を巻き込んだ戦が終り、世は治まりかけたように見えたが主家を失った多くの武士は路頭に迷い不満が募っていた。戦乱に乗じ成り上がった者、財を掠め取られ路頭に迷う者もいて、不穏な日々が続いた。子売りも人攫《さら》いもあった。水戸領内でも押し込み強盗や暗殺など物騒な事件も起きていた。

四

四月に入り鎌倉の本山に修業に出ていた慈円が戻ってきた。重助はその慈円に従い笠間から岩瀬を経て太田の宿に向かい二日逗留した後水戸に向かった。

那珂川の渡しを越え金町の商家が並ぶ辺りに差し掛かった時、一軒の豪壮な構えの屋敷内から笛、太鼓に三味線を交えた賑々しい音曲が聞こえてきた。鈴の舞の鈴の音が止み、曲が一つ大鞠の曲に変わり、太夫の曲芸のかけ声と後見の掛け合いの声が聞こえてきた。

正月元旦に磯原村の庄屋の家を皮切りに、各所舞で地方を回壇してきた太神楽が、水戸に戻ってきていた。四月十七日には水戸東照宮の例祭がある。この例祭に行われる神幸行列の露払いを努めるため社中の者達が城下に集まってきていた。富裕な商人は太神楽を屋敷内に招き入れ、鍾馗舞《しょうきまい》にて厄払いを受け悪鬼退散の祈祷とともに一年の厄除けと火防を祈った。

重助も昔水府の豪農宅に招かれ座敷にて太神楽を見た。

その日慈円と重助は五軒町の檀家に投宿した。夕刻、各所舞の神楽唄が聞こえてきた。重助は辻に出た。

……神楽と書いた二文字は、神楽しむと読むなれば、神も喜ぶ千代の舞……

……伊勢と書いた二文字は、人平らかに生まれ来て、人の心は丸き世に、丸き力と読むぞえな………


お宮と呼ばれる祠を取り付けた銭箱を、背に藤野屋と染め抜いた半纏を着た二人の男が担ぎ、その後に紋付羽織を着た太夫が、三人の後見を従えて続き、更に道具箪笥を積み太鼓を乗せた大八車が、笛三味線の音曲を奏でながら重助の目の前に近づいてきた。大八車の引き手は頰被りに猿の面を斜にかぶり、緩い坂の道をゆっくりと上ってきた。

重助の前をやや過ぎて、猿面の男が重助を振り返って見たが重助は気づかなかった。太神楽はゆっくりと坂の街に消えていった。

未明に火の見櫓の半鐘がけたたましく鳴った。通りで人々の叫ぶ声がして夜空に木が弾ける音がした。火は近い。重助は辻に飛び出した。一町ほど先の商家の屋根を突き抜け、黒い煙を吐いて火が天に昇っている。火事場の辺りが煙に包まれ人々が逃げ惑っている。火は隣家を巻き込み広がりだした。逃げ来る者、火事場に駆けつける者、火事だ、火事だと叫ぶ者で通りは溢れた。重助は火事場に近づいて行った。その時逃げて来る人混みの中から重助の肩にぶつかる者がいた。重助は男を見た。頰被りした布の中から片眼だけが見えた。そして酷い火傷の傷が見えた。

一瞬重助はたじろいだ。男は顔を伏せそのまま走り去ろうとした。重助の脳裏に昔の記憶が、男の顔が浮かんだ。

「忠次殿ではござらぬか」咄嗟に声が出た。男は顔を伏せて無言で走り去ろうとした。

「忠次殿……」重助はなおも男の背中に向かって声をかけた。男は走りを止めゆっくりと歩き始めた。重助は男の後を追った。水府の橋のたもとで男は一度立ち止まり、重助を振り返り川縁に降りていった。

重助は三間ほどの距離を置いて男の後に続いた。男は雑草が生い茂る河原を浅瀬に向かって歩いて行った。

月明かりに川面が光り、流れの音が次第に大きくなってきた。重助は振り返り丘の上の町並みを見た。火事は納まったようだが黒い影絵の中に一筋の白い煙が天に昇っていた。男は水際で歩みを止めた。重助も立ち止まった。男はかぶり物を取り振り返った。顔面の火傷の跡が痛々しい忠次がそこにいた。

「やはり忠次殿であったか」

忠次は答えず浅瀬に手を付き、流れに顔を沈めた。その仕種を三度繰り返し、重助を振り返って言った。

「仇を討った」片眼が異様な光を帯びていた。忠次の半纏にどす黒い血のりの痕が見えた。寡黙な忠次の口から、積り積った怒りの感情が堰を切ったように、ほとばしった。

「儂はあの時から水府に潜み、仇を探してきた。獄中の兵部様は屋敷に火を放たれ、蒔伊様が亡くなったことに怒り、食を絶った。その上自らの躯を傷つけた。直《じき》に命がつきた。遺骸を貰い受けに儂と作介で獄に出向いた。兵部様の亡骸はそれは酷い有様で、儂には別人のように見えた。下妻の戦で負った傷があった故、兵部様と解ったがその傷も大きく裂け、膿んで蛆が湧いておった。死後数日捨て置かれたに相違ない。儂は怒った。芹澤家は水戸藩上席郷士の家ぞ、斉昭公が領内巡視の折には必ず立ち寄られた家柄ぞ、天狗に与したとはいえ余りに無礼な扱いではないか」

忠次は両の手で水面を叩いた。しぶきが飛び水音が乱れた。暫くすると元の水音に戻った。忠次の声は続いた。

「儂は作介と兵部様の遺骸を運び法眼寺の裏山で荼毘に付した。悲しゅうて、悔しゅうて涙が止まらなかった。墓前で俺は必ず仇を討つと誓った。奴らの名さえ知らず難儀したが蒔伊様の縁者から、あ奴の消息が解った。そうあの男よ、打ち毀しを手引きしたあの男だ。蒔伊様に横恋慕した男だ。田所徳三郎という男だが後に郷田と名を変えた。それがいつの間にか商家の婿に入り金子屋徳三郎と名乗りおった。俺が火を付けた家の主だ。俺はあ奴を殺《や》る機会を待った。そして昨日太神楽であ奴の屋敷をまわった。重助殿は気付かなかったが五軒町の辻で儂は重助殿の姿を見た。猿面の車引きは儂ぞ。儂は重助殿の姿を見て慌てたもんよ。儂は招かれた太神楽の車引き故、怪しまれることなく演目が終わる間、あ奴の屋敷内を探り、出入りの客からあ奴の寝間を聞き出した。勝手口から押し入り厠から出てきた女房を匕首で脅し寝間に踏み込んだ。あ奴は酔って寝込んでおった。儂はあ奴の両足の腱を切り動けなくした。その上で女房の首に匕首を突きつけあ奴の口を割らせた。打ち毀しの狼藉に及んだ者は、あ奴の他に五名であった。三名は会津の戦にて行方不明とのことだ。残る二人は入江源蔵、三樹三郎という兄弟だと白状した。だが所在は知らぬと言い張る。あ奴の喉元に匕首を突きつけ脅したが埒明かず、それに儂も焦っていた。手元が狂って喉元を斬った。血が飛び散ってあ奴は転がって逃げようとした。儂は背中からあ奴の心の臓を目がけて突き刺した。女は驚き気を失った。俺は勝手元に油を流し火を着けた。そして逃げる途中でおぬしに出くわした。走り去ることも出来たが、足が思うように動かなかった」

忠次は一気に話し、肩を震わせ、深く息を吸った。月明かりの中で、二人の男は互いの目を見つめ合った。

「重助殿、おぬしの顔を見たとき儂は驚いた。お互い老いたのう。儂も五十を過ぎた。近頃は車引きも辛うなってきた。だが儂は必ず兵部様の仇を討つ。それが儂の為じゃと思っておる。そうせねば儂がこの世に生きてきた意味が無いのじゃ。これは儂の戦じゃ」

忠次の肩が震え、苦しい息使いが聞こえた。

「私はいねのことが忘れられませぬ。時が経てば悲しみは癒えると言われましたが、時が経つにつれ、積もり行く悲しみもあることがわかり申した。忘れようとしても、心の奥底で時折疼く何かが、忘れさせてくれませぬ。私も戦わねば、と思っております」

「音弥が訪ねて参った。久衛門殿は商人になったと聞いたが、よう思い切った。作介は藩庁の警士になった。倅達は新しき世でそれぞれに道を選んだということじゃな。お互い倅達の為にせめて過去は切り捨てておかねばねばなるまい。重助殿、おぬしはあれ以来戦の中を、どのように生きてきたのじゃ」

「私は芹澤の家の為平間の家の為と思い、ひたすら隠れ棲んで参りました。今は平源寺にお りにます。私は不器用な男でございます。京に上るまでは己の境遇を当然のものとして深く考えず、与えられたままに生きてまいりました。しかし故郷を失い家を失い、いねを失い、生涯を賭けて守ってきたものが、こんなにもろく消え去るとは思いませんでした。徳川の世が終わった今、己は何をしていたのか、何者であったのか、悲しくて空しくて、このまま朽ち果ててしまいたいと思ったことがありました」

「重助殿、儂もそなたと同じように、ただ与えられるままに生きてきた。儂らは武士であったのか、百姓であったのか、自分が何者だったのか、未だに解らぬ。そのことを考えると無性に空しい」

夜が白味だし、日輪が雲間に顔を出した。対岸に芽吹き始めた柳の木が姿を現し、川面が輝きだした。

「皆が新しき世が来ると言う。なれば過去のしがらみは、斬って捨てねばなるまい」

忠次はそう言い残して、重い足取りで去って行った。水戸東照宮の例祭まであと三日、忠次は猿面で顔を隠し、大八車を引いて今日も城下を歩くに違いない。太神楽の賑々しい音曲とは裏腹に重い荷物を引き、一歩一歩喘ぎながら坂の街を仇を捜して歩くに違いない。

平源寺に戻った慈円と重助を守門の鋏の軽やかな音が迎えた。蓙の上でおりんの妹が一人遊びをしている。おりんは村人から忘れられ母親はあの事件の後、赤子をつれて行方をくらました。貞もいつの間にかいなくなった。水車小屋は朽ち果て今は跡形もない。

芽吹きの季節が来て、木々の緑が鮮やかになり五月晴が続く筈であったが、日輪は姿を見せなかった。やがて、しとしと、と雨が降り始め、そのまま梅雨に入った。雨が降り続き田畑は水に浸り稲は水に沈み、畑は泥の海になった。小川が大河になり堤が崩れ郷作業の村人が死んだ。沢が崩れ家が土砂にのみ込まれた。

「凶作の年になる」誰もがそう思った。なおも雨は降り続き七月も末になった頃、激しい雷が山麓に轟き、村人を散々驚かせた。

「何か悪いことが、起こるのではないか」

「天狗のたたりだ」

村人は不安を口にした。寺の石段が崩れ、くの字に曲がった坂道の参道が崩れた。雨雲が去ると酷暑の夏になった。重助と守門は石段の修復に明け暮れた。全身に汗が滴り落ちた。じーじー、と頭上で蝉の声が二人を追い立てた。炎天の日が続き畑は干上がった。

新しい世になったが、主家を失った武家の暮らしも散々だった。新政府に職を求めた者もいたが少数だった。戦で主を失った武家の家族はもっと悲惨だった。家財を売り身の回りのありとあらゆる物を売り、それでも成り行かぬ時は子女を年季奉公という名目で金に換えた。多くは苦界に身を沈めた。

旧城下では些細なことで刃傷沙汰まで起きていた。戦を種に成り上がった商人や富農の家が度々襲われた。犯人は容易に捕まらなかった。中には遺恨を巡っての殺傷もあったらしい。恨み憎しみが事件を生んでいた。天狗党の復讐も諸生派同士の斬り合いも続いていた。まだ皆が時代を引きずっていた。

凶作の不安は現実になった。貧農は田畑を捨て故郷を捨て、姿をくらました。荒れ果てた田畑が増えてきた。

「明るい世になると言われましたが、未だに賭けるべき夢が見えませぬ。時代の間とはいえ、苦しき日々にありますな」慈円が村人の後ろ姿に向かってつぶやいた。

暑さが和らぐと西から風が巻いてきて嵐が来た。十日ほどの間をおいて三度来た。田畑も山々も城下も人々も散々打ちのめされた。

五

十月に入っても異様に生ぬるい秋風が吹いていた。吉田神社の境内に三つの人影があった。職人姿の二人の男を前に制帽姿の若い警士が何事か問い質しているかのように見えた。三つの人影は重助と忠次と作介であった。

入江源蔵、三樹三郎兄弟は、商いに行き詰まった一綺堂という紙問屋を買い取り主に収まっていた。店は古くからいる番頭が仕切り二人は一切表に出ず大金を稼いでいるという。藩庁に紙を一手に納め、近在でも手広く商いをしているらしく、近頃、店の後に離れを建て女を囲って暮らしていると作介が言った。

店は城下の仕舞屋が立ち並ぶ道筋に面していた。古びているが格子と墨黒の漆喰の壁で覆われ頑丈な構えであった。店の脇に通用口があるが頑丈な板戸で締め切られ、押し入る隙が無い。重助と忠次は周囲をくまなく歩いた。そして裏通りに細い路地に面した木戸を見つけた。奉公人や御用聞きが出入りしていた。周囲は高い板塀に囲まれ容易に中を覗うことは出来ない。中の様子がつかめず不安な気持ちは残ったが、残された時が少ないことを、二人は感じていた。

「今宵、事を成す」二人は肚を決め、社殿の軒下で夜を待った。忠次は時々煙管の火種を改め、悠然と煙をくゆらせた。

「おぬしを巻き込んでしまった。これでよいのか重助殿」

「忠次殿、過去はいずれ斬り捨てねばなりませぬ。それが我らの役目にござる」

それ以上話すことは無かった。忠次は軒から落ちてくるしぶきに顔をさらし雨を見つめている。時折銀の煙管を手にして愛しげに目をやってはまた雨を見つめていた。遠い昔を思い出しているような目だった。あれは蒔伊様より頂いた品と聞いたことがあった。忠次は三度その仕種を繰り返した。頬を伝わり落ちる雨がまるで忠次の涙のように見えた。

忠次は時折苦しそうに顔を歪め、また目をつむった。

重助も軒より落ちる白い糸のような雨を、じっと見つめていた。雨の向こうにいねの姿が浮かんできた。

（いねに富士の山を見せてやれなんだ）

雨の中のいねが寂しげな顔で重助を見つめ、刹那に霧煙の彼方に消えていった。

（忠次殿は兵部様の仇を討つと言った。それは武士なれば、成さねばならぬ事である。また蒔伊様があまりにも可愛そうで……そう言った。忠次殿の想いは他にもあったに違いない）

重助は忠次が雨に涙を隠しているような気がした。その時初めて重助は気づいた。忠次には蒔伊様に対し、主従を超えた淡い想いがあったに違いない。忠次の言葉の端ばしにその想いが滲んでいた。

二人はそれぞれの想いで雨を見ていた。

夕刻、風が西から東へ渦巻くように吹きはじめ立木が揺れ枝が飛んだ。やがて雨が激しく降り出し前が見えなくなった。心は決っていた。重助は降り続ける雨の向こうの闇を見ていた。忠次はしぶきに顔をさらし、じっと動かない。時折、妙な声を発し咳き込んだ。

夜半に雨は通り過ぎた。二人は動いた。城下の通りに人影は無かった。人々は嵐を恐れ日暮れを待たず戸を硬く閉ざし、ひたすら嵐が去るのを待っているかのようであった。

一綺堂の裏木戸の閂は匕首で造作なく開いた。木戸の側に平屋の小屋があった。杉皮葺きの屋根の破風板が雨風に折れ落ちている。屋敷内は思ったより広かった。土蔵が三棟、店に続いて建っているのが見えた。庭を囲んで住まいらしき建物が見えた。造作が新しく建て増した住まいと解ったが雨戸が固く閉じていて押し込む隙が無い。

風がまたごうごうと音を立てて渦巻いた。時だけが過ぎてゆく。二人は焦った。

「火を付けるほか……あるまい」

忠次が苦しそうにそう言った。肩が上下に喘ぎ息遣いが乱れている。

二人は店の横手にまわった。二つある窓は重厚な鎧戸で閉じられている。二人は戸惑った。しばらく辺りを探ると荷駄を受け入れる引き戸があって潜り戸が付いている。忠次が匕首を差し込み閂を切り始めた。重助は戸を蹴破りたい衝動に駆られたがじっと待った。

潜り戸が開いたが中は闇で見えない。窓を探し障子を引き鎧戸を僅かに開けると、風が吹き込んだ。暗闇の中に帳場が見えた。忠次が火壺を取り出し息を吹いた。忠次の手元が暗闇に浮かんだ。その先の暗がりに紙を納めた幾つかの棚が見えた。

重助は床に紙をまいた。手当たり次第に棚の紙をまき散らした。紙が静かに風に舞った。忠次が素早く紙に火を付け、燭台を転がし更に火を付けた。油の臭いとともに火が床を走った。忠次が大黒柱に匕首を突き刺した。大黒柱が低く呻いた。

家人はまだ気づかない。二人は表戸を人が通れるほどにこじ開け通りを窺った。通りに人気は無く風が渦巻いていた。戸の隙間から風が勢いよく吹き込み白い紙が舞い、床を走る火に匕首が鈍い光を放っている。二人は通りを横切り、向かいの辻で店を振り返った。僅かに開いた表戸から弱い明かりが見えたが、まだ家を震わす程の火の手は上がらない。二人は坂を下って那珂川の川縁に向かった。坂の下で二人は再び後を振り返った。まだ屋根を貫く火の手は上がらない。人が騒ぐ様子もない。

（しくじったかも知れぬ）

重助はそう思った。しかし二人に引き返す力は残っていなかった。雨が二人の躯から力を奪い取っていた。忠次は黙って先を歩いている。その肩は上下に喘ぎ足が縺《もつ》れていた。川が近づいてきた。風の音に混じって濁流の音が聞こえてきた。その時、腹に響く大きな音がした。二人は顔を見合わせ、後を振り返った。暗い空の下に一条の火柱が見えた。間もなくして半鐘が狂ったように鳴った。

川縁の風は強かった。二人は風に吹き飛ばされそうになった。川は黒い生き物のように渦巻いて広がっている。木橋は濁流の流木に押され、軋む悲鳴が聞こえる。間もなく濁流に呑み込まれるに違いない。向こう岸は漆黒の闇の中だ。水府に逃げ帰ることは出来ぬ。

二人は朽ちかけた小屋に身を隠した。忠次は疲れ果てていた。息をする度に喉から木枯しのような音がした。いつの間にか二人は泥のように眠り込んでしまった。

未明に重助は川の音で目が覚めた。見上げると雲が東に向かって流れていた。重助は川面を見た。橋が消え浅瀬も消えていた。土色の濁流が渦巻き轟音を立てて暴れている。灌木が流れ、岸の柳が川の中で藻掻いている。

風は静まりかけていた。時折生暖かい風が腐臭を運んできた。

「忠次殿……忠次殿」

忠次は固く目を閉じ微動だにしない。重助は躯を揺り動かしたが忠次は目を醒まさない。重助は忠次の胸に顔を付け心音を探った。心の臓の音がしない。忠次はこときれていた。その左手には銀の煙管がしっかりと握られていた。重助は呆然として忠次の顔を見つめた。右半分の火傷の傷が、目を半ばふさいでいた。顔に深く刻まれた皺が、忠次の生き様を語っていた。重助は暫く忠次の顔を見ていた。

武士か百姓か解らぬ時がある、と忠次は言っていたが、死に顔は立派に武士の意地を見せていた。

重助は忠次の亡骸を荒れ狂う川に流した。渦に巻かれて忠次の躯は憤怒の流れに消えていった。

一綺堂は三棟の倉を残し全焼した。店は堅牢な造りであったため、火は内部を焼き尽くし、離れに移った後屋根を破った。火花と共に暗い夜空に白い大きな灰が舞った。闇の中に白い紙も舞い上がった。家人の驚き叫ぶ声は風の音に消された。周りの人々が気がついた時屋敷は火の海であった。

その頃水戸の城下ではしばしば火事があった。水戸城も燃えた。大手門の扉に天狗の面の落書が残されていたという。城下の人々は天狗党の残党の仕業と噂した。一綺堂の火事も城下の人々の噂になった。良い噂ではなかった。下手人は天狗党とも諸生派とも、また単なる押し込み強盗の仕業とも噂された。いずれの火事も下手人は解らず、うやむやの内に人々の記憶から消えた。その後一綺堂が再建されることはなかった。

（終わった……だが何とも空しい）

重助は芹沢に向かった。生家は朽ち果て野草が生い茂っていた。その中に重助が傷つけた銀杏の大木が、澄み切った空の下で天に向かって枝を広げていた。葉が薄い緑の色に変わっていた。銀杏の傷は既に癒えていた。

六

異変は続いた。秋の訪れとともに凶作の波が平源寺にも押し寄せてきた。明年の種籾も残せぬ百姓が大半だった。寺に集まってくる童の数が増えてきた。慈源と慈円の親子は檀家に支援を求め奔走した。重助も守門もおきくも童の世話に追われた。風も吹かぬのに落ち葉が石段を埋め尽くすほど落ちた。

その落ち葉を踏みしめながら男が石段を登って来た。

「おお、辰蔵、おぬし生きていたのか」

「平間様、あっしは、そんなに柔じゃありゃんせん。飛脚の仕事は疾《と》うに辞めやしたが今でも諸国を飛び跳ねておりやす。今は平潟浦の菊池様の厄介になっておりやす」

「おぬし、郷《さと》に戻ったのか」

「へい、平間様も息災の様子、なによりでございやす」

「いや、老いた。ところでおぬし、戦の間何をしておった」

「あっしは鳥羽伏見の戦いで、初めて戦を目にしやした。大砲のどえらい音に胆をつぶしやしたが、それよりも驚いたことは、幕府軍の不甲斐なさでやした。武士が町人兵に押しまくられ敗れる様を見て、あっしは先がわかりやした。あっしは逃げ帰り嬶と娘を連れて平潟浦の菊池様にすがりやした。それに飛脚仲間も敵味方に分かれ中津川の宿では寝首をかかれそうになりやした。平潟浦には官軍が上陸し、岩城の原で戦はありやしたが、あっしらの仕事は荷駄の手配で、戦には巻き込まれず生き延びやした」

「そうか、俺は此処に籠っておった。戦には無縁で生き延びたが、助次郎殿は会津で行方不明じゃ、おそらく生きてはおるまい。又右衛門様も水戸へ戻る道中で亡くなったと聞いた」

「助次郎様は何故会津へ……」

「殿のおそば近くにおった故、会津藩に義理があったのであろう」

「…………」

「ところでおぬし、俺に何ぞ話があったのではないか」

「そうでありやした。潮田屋の甚平様が久衛門様を是非とも跡取りに欲しいと言っておりやす」

「なに……」

「久衛門様は見事に成長いたしやした。今は押しも押されぬ若頭でありやす。潮田屋の主は久衛門様に跡目を継がせたい、と言っておりやす。許しが得られれば、娘の弥生様を養女に出し改めて久衛門様の嫁に迎えたいと言っておりやす」

「商人はそんな面倒な手順を踏むのか」

「二代目として取引先にも周知の後、嫁を迎えるのが久衛門様に対する礼儀、と甚平様は考えたようでありやす」

「久衛門はその娘を好いておるのか」

「それはもう二人とも……」

空を見上げた重助の目の前を枯葉が音もなく舞い落ちた。

「久衛門に伝えて欲しい。己の思うように生きて行けと。それに潮田屋殿にも仔細承知と……」

「婚礼は明年青葉の頃かと思いやす。その折あっしが迎えに参りやす」

「俺は行かぬ。そのことも潮田屋殿に伝えてくれ。俺は隠れ住む身ぞ」

「平間様、まだそのように申されやすか、あの方は、疾うに亡くなりやした」

「誰のことぞ……」

「新撰組の近藤勇局長でありやす。新撰組は鳥羽伏見の戦で敗れ甲州でも敗れ、敗走いたしやした。夏の頃、近藤勇は流山にて戦い敗れ、名を偽り姿を変え、官軍に投降したやに聞いておりやす。顔を知った者がいて身元が知れ、首を打たれやしたそうです。二年も前のことでありやす」

「あの男、首を打たれたか、あ奴が継次殿暗殺の張本人じゃ。他人の陰にいて自らは手を汚さぬ。大将の器量など微塵も無い。武士として徳川の禄を得ることしか眼中に無かった男だ。所詮、町道場の主程度の器量よ」

重助は長年胸につかえていたものを一気に吐き出した。もう遠慮も恐れも消えていた。

「青葉の頃に迎えに参りやす。そうそう、久衛門殿は、嫁御は母上に瓜二つであると申しておりやした」

そう言い残して、辰蔵は石段を下っていった。辰蔵の姿はくの字に曲がった坂の所で見えなくなった。重助の周りにまた枯れ葉が音もなく舞い落ちた。重助はまたいつものように丁寧に石段を掃き下った。

人々は不安の中で暮れを迎えた。その年も押し詰まって、また筑波おろしが激しく吹いた。暗い年であったが重助の心の中に、小さな明かりが灯り始めていた。

明治五年（一八七二）の年明けも強い風で始まった。慈源和尚が鎌倉の本山に管長として務めることになった。

「この歳ゆえ最期のお務めと思っておる。人の心とは不思議なものじゃのう重助殿、子供の時分に僧になることを嫌って家を飛び出た儂が、いつの間にか僧になっていた。僧になったからには、仏に近づこうと善行を成し人々を導き、間違ってもあの世で地獄に堕ちぬようにと考えた時があったが、それが煩悩じゃと気づいた。あの世を見た者は誰もいない。地獄があるかどうかも解らぬ。だがあの世に地獄があるとして、現世でそれに負けぬ強い心を養っておくことが、大事なのじゃ。いつの世にも地獄はある。日々の暮らしの中にも心が打ちのめされることは多い。重助殿も多くの地獄を見たであろう。そこで逃げてはならんのじゃ。地獄を乗り越える知恵を身につけるのじゃ。それが仏の教えじゃ。無心で仏にすがり心の内に仏を持つことじゃ。重助殿、おぬし名を変え、別人になると言ったが、なれたか、無理じゃろう。しがらみは絶ちきれんじゃろう。心に潜む煩悩がそうさせてくれぬのじゃ。なればば、乗り越えるほかあるまい。知恵を養うことじゃ。この修行に終わりはない。武士なれば人の道との戦と思い、百姓なれば自然に倣う修行と思うことじゃ。朽ち果てるまで修行は続くのじゃ。拙僧は鎌倉の土になるつもりじゃ。それが拙僧に与えられた道なのじゃ……近頃おぬしの躯から血の臭いが消えた。おぬし、やっと憤怒の川を渡りきったようじゃな」

山一面の桜の花に送られ、慈源和尚は鎌倉へ旅立った。守門ときくが供をした。守門と連れだって坂を下って行くきくの後ろ姿が、弾んで見えた。

「鎌倉への旅は、二人にとって忘れ得ぬ旅になるに違いない」と見送る慈円が言った。

二月後二人は戻った。間もなく二人は一つ屋根の下に住むことになった。

守門は新たな道を歩み始めた。きくの親御と共に山に入り、炭焼きに新たな道を見いだした。重助は「もう植木職人には戻れぬ」と言った守門の言葉を思い出した。

七

若葉の季節となり里山が様々な緑の衣を纏い、蝦蟇蛙の低い声が聞こえ出した頃、辰蔵が平源寺の石段を上がってきた。いねに似た嫁御、という辰蔵の言葉に重助の心は揺れていた。久衛門の門出を見たい気持ちの一方で、己が久衛門の前に出ては、新しき世界に生きると決めた久衛門の為にならぬ、という想いが交錯していた。

「物陰から一目だけでも見てやっておくんなせえ」辰蔵のその言葉に重助は心を決めた。八十の石段を下ってゆく二人を慈円ときくが見送った。重助は鈍色の僧衣を纏い雲水の出で立ちで平源寺を後にした。

山間の棚田に向かう男女の一行が田植え笠を背に、華やいだ会話を交わしながら歩いてきた。若い娘の口から田植え唄の一節が聞こえた。農事は厳しく苦しきものであるが、一行の歩みには苦の影が無い。むしろ自然の懐に抱かれその生を命の限り楽しんでいるかのように思えた。路傍の朽ちかけた水車小屋の水路に、同じ背丈の野花菖蒲が、小さな蕾を見せている。やがて白や薄紫の花を着けるに違いない。畔道の草花に重助は新しき世の息吹を感じていた。

二人は柏崎の舟溜りから舟に乗り、浜に渡り高須の一本松を左に見て西湖を舟津、舟子、麻生と渡って牛堀から潮来の陸路をとった。浜の舟溜りで筑波の峰を仰ぎ見た。凪の水面に葦の若枝が揺れ、青蒼の空を背に二つの峰が聳えている。時折り白い雲が頂きを北に走った。湖面は空を映し、深い青の色が重助の行く手に広がっている。

背中の道中荷物の箱枕の中で微かな音がした。重助は北の方角を見た。湖に沿って繋がる広陵の地の先に重助の里、芹沢村がある。その地にいねが眠っている。重助はその方角に向かって手を合わせた。

舟は静かな湖面を滑り西湖を南に進んで行く。時々艪こぎの音が水鳥を走らせ湖面に波紋を浮き上がらせたが、直ぐに元の静かな水面に戻った。岸辺の砂地に地を這うように紫の蕾を着けた紫つめ草が咲きはじめている。その先は砂地の原野が空の下まで続いている。時折東の風に乗って磯の香りが漂い、重助の躯を包んだ。浮島の緑の原の中に黄色い花を付けた水仙が僅かの風にそよぎ、艪こぎ舟はその中を湖面を滑るように進んで行く。艪の音だけが聞こえる。風景がゆっくりと変わり、時がまったりと過ぎてゆく。

過去は断ち切った。心の奥底のしこりは消えた。あとは風の吹くがままに身を委ねよう、重助はそう思った。

潮来の集落を貫き北湖から常陸利根川に注ぐ川がある。前川と呼ばれるこの川の岸辺に重助はいた。両岸には、入りくんだ水路が縦横に走り、荷を積んだ艪こぎ舟が行き交っている。岸辺には水草に混じって諸処に花菖蒲が白や薄紫の花を付け、空を映した水面に静かに揺れている。艪こぎ舟が過ぎゆく度に花は揺らめいて空の中に散って行く。岸辺の風景が舟が通る度に消えて、暫くするとまた現れる。木橋の上を荷駄を積んだ大八車が忙しげに往来し、目の前の舟溜りからは艪こぎ舟に積み込まれた様々な荷が、前川を下って行った。

重助は花の中に身を隠し、水郷の風情を見ていた。舟や人足が忙しげに往来し、半纏姿の若者の鯔背《いなせ》なかけ声とともに荷が手際よく舟に積み込まれた。陽は頭上にあった。水面を渡ってくる涼しげな風が重助を包んだ。風は衣を揺らし花を揺らし、水面を僅かに波立たせ川を上って行った。

暫くすると三艘の舟が舟溜りに着いた。一艘は木肌が眩しい新造船である。その舟には花茣蓙が敷きつめられ舳先には桔梗の紋の提灯が立ててある。舟溜りの人混みが左右に分かれ、揃いの真新しき紺色の半纏に縦縞の木綿絣《かすり》の男達が現れた。後に続いて揃いの船頭姿の若者が大八車に菰樽《こもだる》と米俵を積んで現れ、粋なかけ声とともに新造船に積み込んだ。

一艘に世話人らしき年寄りが羽織袴の姿で乗り込み、三艘の舟は力強いかけ声に送られ重助の前を川上に向かって行った。きりりとした若者達の揃いの紺の半纏が色とりどりの花の間に見え隠れしながら、前川を上っていった。

重助は暫く荷駄を運ぶ舟が往来し、舟溜りの人々が忙しげに荷の上げ下ろしをする様を眺めていた。荷下ろしが一段落したところで、また揃いの半纏の若者達が舟溜りに現れ茣蓙を桟橋に敷きつめた。

通りの奥より弓張り提灯を持った男に先導され、紋付き袴姿の二人の男が桟橋に進み出てきた。弓張り提灯を持った男は、辰蔵であった。重助の目が紋付き袴姿の男の一人にひきつけられた。

（あれは、久衛門ではないか）

重助は腰を浮かした。水戸黒の紋付き羽織に仙台平の袴を着けた久衛門の姿が、そこにあった。背丈も伸びたくましく成長した久衛門の姿に重助の目はひきつけられた。

重助は箱枕を取り出した。髪飾りの触れ合う音がした。暫しの間重助は久衛門の姿を見つめていた。西湖に石を投げていた姿が浮かんできた。海が見たいと言っていた。異国の舟を見たいと言っていた。その声が聞こえる。重助に向かって打ち込んできた木刀の強さが重助の腕に蘇った。いねの里の丘の道を懸命に走ってくる姿が浮かんだ。いねの死に慟哭した久衛門の躯の震えが蘇ってきた。あれは早春の寒い日だった。

川上から一艘の舟が急ぎ下ってきて桟橋に向かって何やら大声で告げた。辰蔵が少し前に進み出て川上を窺った。潮田屋の主らしき白髪の紋付き袴の男がゆっくりと桟橋に進み出た。久衛門はそのまま控えている。舟溜りの人々が一斉に川上を見た。

艪こぎ舟が五艘、前川を静かに下ってきた。木橋の上で道行く人がざわめき一斉に川上を見た。川上を見やった重助の目に、川は空を映し浅葱色の幕になっていた。

舟は静かに下ってきた。

先頭に桔梗の紋の弓張り提灯を掲げた舟が近づいてきた。舳先に紺色の半纏の若者が三方を捧げ持ち、菰樽の後に扇をかざした紋付き姿の世話人が控え、紺色の半纏の若者が巧みに艪を操って下って来た。

二艘目に九曜の紋の提灯を掲げた新造船が続いてきた。水面に白や薄黄色の花に混じって花菖蒲の薄紫色の花びらが揺れ始めた。前に紋付き袴の男が座り白無垢の花嫁姿が見えてきた。介添えの老女が側に控え、二人の若者が艪と竹竿を巧みに使い舟の揺れを防いでいる。重助の目は新造船に釘付けになった。その後に嫁入り道具を積んだ舟が二艘続き、最後尾に身内の者らしき一団を乗せた舟が賑やかに下ってきた。若者が交互に唱う水郷の舟唄も聞こえてきて桟橋が一段とざわめいた。

重助の前に新造船が差し掛かった。白無垢が、色とりどりの岸辺の草花に映え、水面に映った。重助は嫁御の姿に見とれた。

一瞬、いねの若き日の面影が重なった。いね、と思わず叫びそうになった。重助は箱枕を握りしめた。微かにいねの髪飾りの触れる音がした。

舟は静かに重助の前を通り過ぎて行った。重助は腰を浮かし花嫁の後ろ姿を追った。桟橋に人々の嬌声があがり、久衛門が進み出た。嫁御を迎え、若衆の木遣りに似た唄とともに、一行は辰蔵の提灯を先頭に集落の奥に消えて行った。

嫁御の白無垢と久衛門の水戸黒の羽織姿が重助の目に焼き付いた。

一時の喧噪が去っても、重助は岸辺の草の原に座して暫くそのまま留まった。重助は花の中でこのまま朽ち果てても良いと思った。

また荷駄を積んだ艜こぎ舟が往来し川面が揺れた。陽がかげってきた。それでも重助はその場に留まった。浅葱色の川面が濃い紫に変わった。重助は陽が落ちるまで花の中にいた。

「平間様、この先もずっと寺で暮らすのでやすか」

「ああ、俺は不器用な男だ。自然に倣い土とともに生きて行くつもりだ」

「平間様とは妙な縁でございやした。あっしは、この後は女房と子供のために生きてまいりやす」と言う辰蔵とは潮来で別れた。

帰路は雨になった。静かに細い糸のような雨が重助を包み込み、筑波の峰は霧煙に曇った。雨が重助の躯から苦の臭いを落としてくれた。静かな田園の中を重助は一人歩いた。

田植えが終わり、静まりかえっている下の集落を通り過ぎ、くの字の坂を上り平源寺の石段にたどり着いた。

石段の中程に蛍袋（釣鐘草）が二つ花をつけていた。うつむき地を見つめる薄紅色の花が悲しげで、こんなに美しきものとは知らなかった。重助はそっと手を触れ、指を差し入れてみた。いねの涼しき声が聞こえたような気がした。石段の周りの草花がそれぞれに命の限りを競っていた。野草がこんなに浄く可憐なものとは知らなかった。重助は暫し白い小さな花に見とれていた。

気がつくと雨は上がっていた。重助は残りの石段をゆっくりと上って行った。重助の背後で常陸の野を見下ろすように、五色の虹が出ていた。

重助はいつもの寺の暮らしに戻った。

夏、追われながら生い茂る夏草と戦った。夜、光虫が宙に舞った。星に重なり満天に光った。

慈円のお供で郷の家々を回った。吹き出る汗も暑さも苦にならなかった。うるさいほどの蝉の声が何故か楽しげで、気にならなかった。

秋には、舞い散る落葉と競って石段を掃き下った。決して徒労には思わなかった。

冬、吹きすさぶ筑波おろしの中で凍えるほどの寒さと闘った。寂しくはなかった。

年が明けても風は執拗に舞った。

早春の晴れた日、寺の畑に出た。陽が真上にあっても冷気が頬を刺し、踏み行く柔らかな土の中で、霜柱を踏み抜く音が響いた。重助は一人麦を踏んだ。踏まれて踏まれて強くなれと重助は想いを込めて麦を踏んだ。凍った風が重助を包んだ。

突然重助は柔らかい土に足を取られ右から崩れ落ちた。妙な感覚が躯に走り首筋が熱くなった。重助は立ち上がろうと手を付いた。足に力が入らない。藻掻けば藻掻くほど右に崩れた。重助は声を発した。しかし言葉にならなかった。冷たい土の感触が頬に伝わった。立木が横に並び、目を凝らすとその間から青い空が見えた。

　暫くして麦の畝の上に倒れているものが自分の躯であると気づいた。左手を使いながら必死に膝行《しっこう》しつづけた。ようやく上半身が起きた。霞む目を凝らし遠くを見やると、一筋のきらめく帯が見えた。

（西湖だ……）重助は声を出したが言葉が縺れた。きくが走ってくる姿が見えた。

　そこで重助の目から風景が消えた。

　漆黒の闇の中に、白粉を纏った林が、昇りはじめた月明かりに、少しずつ浮かび上がってきた。地も白布を敷きつめた白一色の荒野が続いている。その中を一筋の黒い川が流れ、川岸を黒い川面に身を映し、白狐が白い森を覗いながら彷徨《さまよ》っている。やがて白狐は白い森の奥の光明に惹かれ森に消えていった。

「何処に彷徨い行くのか」重助は声を発し手をさしのべた。白狐が己の姿に見えた。

　重助の本能が左手を動かした。その手を誰かが受け止めた。重助は目を醒ました。囲炉裏の赤い火の傍らに慈円の姿が見えた。重助は声を発した。またしても言葉にならなかった。それでも重助は慈円に向かって声を発した。

「白狐が……」そう言った。しかし己の声は聞こえなかった。慈円は深くうなずいた。慈円の顔が次第に霞み、重助は再び眠りに落ち白い森に引き込まれていった。

夜半、筑波おろしが激しく吹いた。森が吠え獣が啼き、家が泣いた。煙出しの小屋根の隙間から身を刺す冷たい風が降りてきた。

重助の躯が醒めた。次第に風が激しく渦巻き、重助を襲ってきた。重助は僅かに動く左手で懸命に風を斬った。斬っても斬っても風は重助に襲いかかった。

（つむじ風だ……）

重助は吹きすさぶ風に巻かれ、天に昇ってゆく己の姿を見た。白粉の林の奥から黄金色の光虫が飛んできて、芹澤鴨の姿が現れた。

やがて武士の世は終わる……そう言って消えた。

平山五郎が、野口健司が現れた。京の街が浮かんできた。二人は颯爽と鴨川べりを歩いていた。朝靄に霞んだ京菜の畑が浮かんだ。薄墨色の闇の中に大門の提灯の明かりが右に左に揺れていた。

丘の上に見張りの松が見えてきた。柿色の陣羽織が宙に舞った。古武士の最期が浮かんできた。

光虫がいねの姿になった。重助は声を発した。（いね……富士の山を見ようぞ）

言葉にならなかった。いねは何も言わず微笑み消えていった。

忠次が現れた。重助を見つめ、何も言わず濁流に消えて行った。何処かで神楽唄が聞こえたような気がした。

助次郎が遠くを見つめていた。躯中が血にまみれていた。重助は声をかけたが応じなかった。そのままの姿で朽ち果てていた。

はぐれた光虫が飛んできた。誰かわからぬが城壁の上で叫んでいた。土方歳三の姿のような気がした。……あの男も逝ったか。

光虫は次々に白粉の林に消えていった。

白狐が後を追っていく。風が舞っているが白粉の林は動かない。行く手には黒い静寂の森が待っている。凍てつく黒天の下、欠けていく月が、白狐の行く手を照らしている。

凪は夜明け前に止んだ。慈円は庭に出た。日輪がたなびく雲の間より姿を現した。赤く大きく輝き大地を見下ろしながら、ゆっくりと昇って来た。

慈円の前を庫裏の軒下から一羽の鳥が飛び立った。

——ああ、あの傷つきし百舌鳥《もず》か。

百舌鳥は真っ直ぐ、里山を目指して飛んで行った。

慈円は遙か遠く、辰巳の方角を見つめた。

その先に重助の郷、芹沢村がある。

——重助殿も芹沢に帰られたに違いない。

慈円の朗々たる読経の声が、早春の常陸の野に滲み込んで行った。

（完）

「半武士」刊行にあたって

村田省吾遺稿「半武士」刊行会会長

種田　誠

本書は著者村田省吾の遺作である。著者生前から本稿を書き継いでいたことは、靖子夫人のみがご存知であったが、一周忌に集まった学友たちの知るところとなり、本書刊行が具体的になった。著者には二冊の既刊本があり、それらは北茨城市長在任中（平成七年から平成十九年まで三期十二年）の合間に刊行したものである。本稿は市長退任後建築家として多忙な中、帰宅後に執筆に勤しんだことは夫人の眼にするところであった。

市長職にあった人が在職中に本を刊行することは稀なことではないがそのほとんどは公務に関する提言集やエッセー集であり、著者の最初の本『歳々余滴』もそれに類した内容であったが、その文才は異彩を放ちながら、市政への情熱を随所に覗わせるものであった。

そして驚くべきは二冊目の短編小説集『その時、君が見た空』である。オムニバス形式で綴ったこの本は、おそらく現職の市長として他に成し得た人はないと思われるほど完成度の高い小説集である。

顧みれば、著者は大学で建築を学び、卒業後は大手建築設計事務所に勤務した謂わば「理系の人」であった。そうしたキャリアを持つ著者がどうして「文系の人」としてのセンスを得たのか。しかもエッセイストに止まらず、小説家としての才能を五十歳を過ぎて開花させようとしたのか。著者が故人となった今、それを質すことは出来ないのだが、おそらく文芸書を読み漁ったことは想像に難くない。それも偏りのない読書家であったのは、本書『半武士』によって証明できる。著者には本書に止まらず新たな作品の構想があったとのことである。それは、雪の結晶の研究にとりつかれた男を主人公にした長編小説である。

しかし、無情にもその思いは果たされず旅立たれた。私たちは、せめて本書を世に送ることをもって著者への手向けとしたい。

刊行にあたって著作権継承者である夫人のご理解とご承諾を頂いたことに感謝する。残念なのは、執筆にあたって著者が参考とされた諸資料を明示できないことである。著者の姿勢から、それらは記録として残されていたと思われるが発見できなかった。泉下の著者に代わってそれら資料群に対して謝意を表するとともに付記叶わずをお詫び申し上げる。

尚、刊行にあたって、明らかな誤記と思われる個所は西田書店編集部と諮り、これを訂正した。それら以外は全文原稿に従ったのは凡例で示したとおりである。

著者略歴
村田省吾（むらた　しょうご）
1946年3月、茨城県北茨城市大津町に生まれる。
茨城県立水戸第一高等学校卒業後、
芝浦工業大学建築学科入学。同校卒業。
山下寿郎設計事務所（現、山下設計）入社。
1979年帰郷し、設計事務所を主宰する。
1995年、北茨城市長に就任（三期）。
2016年1月17日歿。
著書：『歳々余滴—村田省吾雑文集』（2001年、西田書店）
『その時、君が見た空』（2007年、西田書店）

半武士

2019年1月17日初版第1刷発行

●著者———村田省吾《むらたしょうご》

●発行者——日高徳迪
●装画———山口鈴音
●装丁———臼井新太郎装釘室
●印刷———倉敷印刷
●製本———高地製本所

発行所　株式会社西田書店
〒101-0051 東京都千代田区神田神保町2-34 山本ビル
Tel 03-3261-4509　Fax03-3262-4643
http://www.nishida-shoten.co.jp
ISBN978-4-88866-630-5 C0093